名人与生活文丛

王干 主编

无为是一种境界

文化名家谈修心

梁启超等 / 著

陈武 / 选编

广陵书社

图书在版编目（CIP）数据

无为是一种境界 ： 文化名家谈修心 / 梁启超等著 ；
陈武选编. -- 扬州 ： 广陵书社，2017.8
（名人与生活文丛 / 王干主编）
ISBN 978-7-5554-0845-1

Ⅰ. ①无… Ⅱ. ①梁… ②陈… Ⅲ. ①散文集－中国－现代②散文集－中国－当代 Ⅳ. ①I266

中国版本图书馆CIP数据核字(2017)第220810号

书　　名　无为是一种境界：文化名家谈修心
著　　者　梁启超等著　陈武选编
责任编辑　刘　栋
出 版 人　曾学文

出版发行　广陵书社
扬州市维扬路 349 号　　邮编　225009
http://www.yzglpub.com　　E-mail:yzglss@163.com
印　　刷　三河市华东印刷有限公司

开　　本　880 毫米 ×1230 毫米　1/32
印　　张　6.5
字　　数　125 千字
版　　次　2018 年 1 月第 1 版第 1 次印刷
标准书号　ISBN 978-7-5554-0845-1
定　　价　39.80 元

前　言

《荀子·解蔽》:“辟耳目之欲，而远蚊虻之声，闲居静思则通。”

贾谊《新书·修政语上》:“静思而独居，譬其若火。”

梅尧臣《送李载之殿丞赴海州榷务》诗：“世事静思同转毂，物华催老剧飞梭。”

学习知识要善于思考，思考，再思考。——爱因斯坦

思则睿，睿作圣。——周敦颐

伟大不只在事业上惊天动地，他时常不声不响地深思熟虑。——克雷洛夫

思考是人类进步的力量。思考产生新的知识，新的知识越来越多，催动着人类前进的步伐。从古今中外的文明发展来看，思考是一切得以进步的基础。

本书精选近现代文化大家 37 篇文章。梁启超《最苦与最乐》、陈独秀《人生的意义》，与您探讨人生的滋味；史铁生《病隙碎笔》展示了一个安静思考的人对人生对社会对世界的看法；韩小蕙《兵马俑前的沉思》，通过历史遗迹翻阅那千百年前的世事沧桑。

每一篇文章都有它的灵魂，等待着您的思考去发现它的意义。

目录

最苦与最乐

□ 梁启超

人生什么最苦呢？贫吗？不是。失意吗？不是。老吗？死吗？都不是。我说人生最苦的事莫苦于身上背着一种未来的责任。人若能知足，虽贫不苦；若能安分，虽失意不苦；老、病、死乃人生难免的事，达观的人看得很平常，也不算什么苦。独是凡人生在世间一天，便有一天应该做的事，该做的事没有做完，便像是有几千斤重担子压在肩头，再苦是没有的了。为什么呢？因为受那良心责备不过，要逃躲也没处逃躲呀！

答应人办一件事没有办，欠了人的钱没有还，受了人的恩惠没有报答，得罪了人没有赔礼，这就连这个人的面也几乎不敢见他；纵然不见他的面，睡里梦里都像有他的影子来缠着我。为什么呢？因为觉得对不住他呀！因为自己对于他的责任还没有解除呀！不独对于一个人如此，就是对于家庭，对于社会，对于国家，乃至对于自己，都是如此。凡属我受过他好处的人，我对于他便有了责任。凡属我应该做的事，而且力量能够做得到的，我对于这件事便有了责任。凡属我自己打主意要做一件事，便是现在的自己和将来的自己立了一种契约，便是自己对于自己加一层责任。有了这责任，那良心便时时刻刻监督在后头。

这种苦痛却比不得普通的贫、病、老、死，可以达观排解得来。所以我说人生没有苦痛便罢，若有苦痛，当然没有比这个加重的了。

翻过来，什么事最快乐呢？自然责任完了，算是人生第一件乐事。古语说得好："如释重负"，俗语亦说："心上一块石头落了地。"人到这个时候，那种轻松愉快，真是不可以言语形容。责任越重大，负责的日子乃越长；到责任完了时，海阔天空，心安理得，那快乐还要加几倍哩！大抵天下事从苦中得来的乐才是真乐。人生须知道有负责任的苦处，才能知道有尽责任的乐处。这种苦乐循环，便是这有活力的人间一种趣味；却是不尽责任，受良心责备，这些苦都是自己找来的。

人生目的何在

□ 梁启超

呜呼！可怜！世人尔许忙！忙个什么？所为何来？

那安分守己的人，从稍有知识之日起，入学校忙，学校毕业忙，求职业忙，结婚忙，生儿女忙，养儿女忙，每日之间，穿衣忙，吃饭忙，睡觉忙，到了结果，老忙，病忙，死忙。忙个什么？所为何来？

还有那些号称上流社会，号称国民优秀分子的，做官忙，带兵忙，当议员忙，赚钱忙；最高等的，争总理总长忙，争督军省长忙，争总统副总统忙，争某项势力某处地忙；次一等的，争得缺忙，争兼差忙，争公私团体位置忙，由是而运动忙，交涉忙，出风头忙，捣乱忙，奉承人忙，受人奉承忙，攻击人忙，受人攻击忙，倾轧人忙，受人倾轧忙。由是而妄语忙，而欺诈行为忙，而妒嫉忙，而恚恨忙，而怨毒忙，由是而决斗忙，而惨杀忙。由是而卖友忙，而卖国忙，而卖身忙。那一时得志的便宫室之美忙，妻妾之奉忙，所识穷乏者得我忙；每日行事，则请客忙，拜客忙，坐马车汽车忙，麻雀忙，扑克忙，花酒忙，听戏忙，陪姨太太作乐忙，和朋友评长论短忙。不得志的哪里肯干休，还是忙；已得志的哪里便满足，还是忙。就是那外面像极安闲的时候，心里千方百计转来转去，恐怕比忙时还加倍忙；乃至夜里睡着，梦想颠倒嗔痴恐怖，和日间还是一样的忙，到了结果，依然还他一个老忙，病忙，死忙。忙个什么？所为何来？

有人答道，我忙的是要想得到快乐。人生在世，是否以个人快乐为究竟目的为最高目的，此理甚长，暂不细说。便是将快乐作为人生目的之一，我亦承认；但我却要切切实实问一句话：汝如此忙来忙去，究竟现时是否快乐，从前所得快乐究竟有多少，将来所得快乐究竟在何处？拿过去现在未来的快乐，和过去现在未来的烦恼，相乘相除是否合算？白香山诗云：“妻子欢娱僮仆饱，看来算只为他人。”当知虽有广厦千间，我坐不过要一床，卧不过要一榻。虽有貂狐之裘千袭，难道我能够无冬无夏，把它全数披在身上？虽有侍妾数百人，我难道能同时一个一个陪奉他受用？若真真从个人自己快乐着想，倒不如万缘俱绝，落得清净。像汝这等忙来忙去，勾心斗角，时时刻刻，都是现世地狱，未免太不会打算盘了。如此看来，哪里是求快乐，直是讨苦吃。我且问汝：汝到底忙个什么，所为何来？若说汝目的在要讨苦吃，未免不近人情，如若不然，汝总须寻根究底，还出一个目的来。

以上所说，是那一种过分的欲求，一面自讨苦吃，一面造成社会上种种罪恶的根源。此等人不惟可怜而且可恨，不必说他了。至于那安分守己的人，成日成年，动苦劳作，问他忙个什么，所为何来，他便答道：我总要维持我的生命，保育我的儿女。这种答语，原是天公地道，无可批驳；但我还要追问一句：汝到底为什么要维持汝的生命，汝维持汝的生命，究竟有何用处。若别无用处，那便是为生命而维持生命。难道天地间有衣服怕没人穿，有饭怕没人吃，偏要添汝一个人来帮着消缴不成。则那全世界十余万万人，个个都是为穿衣吃饭两件事来这世间鬼混几十年，则那自古及今无量数人，生生死死死死生生，不过专门来帮造化小儿吃饭，则人生岂复更有一毫意味。又既已如此，然则汝用种种方法，保育汝家族，繁殖汝子孙，又所为何来。难道因为天地间缺少衣架缺少饭囊，必须待汝构造？如若不然，则汝一日一月一年一世忙来忙去，到底为的什么，汝总须寻根究底，牙清齿白，还出一个目的来。

孟子曰："人之所以异于禽兽者几希。"且道这几希的分别究在何处。依我说：禽兽为无目的的生活，人类为有目的的生活，这便是此两部分众生不可逾越的大界线。鸡狗畜终日营营，问他忙个什么，所为何来，虫蝶翩翔，蛇蟺蜿蜒，问他忙个什么，所为何来？溷厕中无量无数粪蛆，你爬在我背上，我又爬在你背上，问他忙个什么，所为何来。我能代他答道：我忙个忙，我不为何来。勉强进一步则代答道，我为维持我生命繁殖我子孙而来。试问人类专替造化小儿穿衣吃饭过一生的，与彼等有何分别。那争权争利争地位忽然趾高气扬忽然垂头丧气的人，和那爬在背上挤在底下的粪蛆有何分别。这便叫作无目的的生活，无目的的生活只算禽兽不算是人。

我这段说话，并非教人不要忙，更非教人厌世。忙是人生的本分，试观中外古今大人物若大禹、若孔子、若墨子、若释迦、若基督，乃至其他圣哲豪杰，哪一个肯自己偷闲？哪一个不是席不暇暖突不得黔奔走凄惶一生到老？若厌忙求闲，岂不反成了衣架饭囊材料。至于说到厌世，这是没志气的人所用的字典方有此二字；古来圣哲从未说过，千万不要误会了。我所说的是告诉汝终日忙终年忙，总须向着一个目的忙去。汝过去现在到底忙个什么，所为何来，不惟我不知道，恐怕连汝自己也不知道；汝自己不惟不知道，恐怕自有生以来，未曾想过。呜呼！人生无常，人身难得，数十寒暑，一弹指顷，便尔过去；今之少年，曾几何时，忽已颀然而壮，忽复颓然而老，忽遂奄然而死。囫囵模糊，蒙头盖面，包脓裹血，过此一生，岂不可怜，岂不可惜！何况这种无目的的生活，决定和那种种忧怖烦恼纠缠不解，长夜漫漫，如何过得。我劝汝寻根究底还出一个目的来，便是叫汝黑暗中觅取光明，敦促汝求一个安身立命的所在。汝要求不要求，只得随汝，我又何能勉强。但我有一句话：汝若到底还不出一个目的来，汝的生活，便是无目的，便是和禽兽一样，恐怕便成孟子所说的话："此则与禽兽奚择"了。

汝若问我人生目的究竟何在，我且不必说出来，待汝痛痛切切彻底参详透了，方有商量。

人生的真义

□ 陈独秀

人生在世，究竟为的甚么？究竟应该怎样？这两句话实在难得回答的很，我们若是不能回答这两句话，糊糊涂涂过了一生，岂不是太无意识吗？自古以来，说明这个道理的人也算不少，大概约有数种：第一是宗教家，像那佛教家说：世界本来是个幻象，人生本来无生；“真如”本性为“无明”所迷，才现出一切生灭幻象；一旦“无明”灭，一切生灭幻象都没有了，还有甚么世界，还有甚么人生呢？又像那耶稣教说：人类本是上帝用土造成的，死后仍旧变为泥土；那生在世上信从上帝的，灵魂升天；不信上帝的，便魂归地狱，永无超生的希望。第二是哲学家，像那孔、孟一流人物，专以正心、修身、齐家、治国、平天下，做一大道德家、大政治家，为人生最大的目的。又像那老、庄的意见，以为万事万物都应当顺应自然；人生知足，便可常乐，万万不可强求。又像那墨子主张牺牲自己，利益他人为人生义务。又像那杨朱主张尊重自己的意志，不必对他人讲甚么道德。又像那德国人尼采也是主张尊重个人的意志，发挥个人的天才，成为一个大艺术家、大事业家、叫作寻常人以上的“超人”，才算是人生目的；甚么仁义道德，都是骗人的说话。第三是科学家。科学家说人类也是自然界一种物质，没有甚么灵魂；生存的时候，一切苦乐善恶，都为物质界自然法则所支配；死后物质分散，另变一种作用，没有联续的记忆和知觉。

这些人所说的道理，各个不同。人生在世，究竟为的甚么，应该怎样呢？我想佛教家所说的话，未免太迂阔。个人的生灭，虽然是幻象，世界人生之全体，能说不是真实存在吗？人生“真如”性中，何以忽然有“无明”呢？既然有了“无明”，众生的“无明”，何以忽然都能灭尽呢？“无明”既然不灭，一切生灭现象，何以能免呢？一切生灭现象既不能免，吾人人生在世，便要想想究竟为的甚么，应该怎样才是。耶教所说，更是凭空捏造，不能证实的了。上帝能造人类，上帝是何物所造呢？上帝有无，既不能证实；那耶教的人生观，便完全不足相信了。孔、孟所说的正心、修身、齐家、治国、平天下，只算是人生一种行为和事业，不能包括人生全体的真义。吾人若是专门牺牲自己，利益他人，乃是为他人而生，不是为自己而生，决非个人生存的根本理由，墨子的思想，也未免太偏了。杨朱和尼采的主张，虽然说破了人生的真相，但照此极端做去，这组织复杂的文明社会，又如何行得过去呢？人生一世，安命知足，事事听其自然，不去强求，自然是快活得很。但是这种快活的幸福，高等动物反不如下等动物，文明社会反不如野蛮社会；我们中国人受了老、庄的教训，所以退化到这等地步。科学家说人死没有灵魂，生时一切苦乐善恶，都为物质界自然法则所支配，这几句话倒难以驳他。但是我们个人虽是必死的，全民族是不容易死的，全人类更是不容易死的了。全民族全人类所创的文明事业，留在世界上，写在历史上，传到后代，这不是我们死后联续的记忆和知觉吗？

照这样看起来，我们现在时代的人所见人生真义，可以明白了。今略举如下：

（一）人生在世，个人是生灭无常的，社会是真实存在的。

（二）社会的文明幸福，是个人造成的，也是个人应该享受的。

（三）社会是个人集成的，除去个人，便没有社会；所以个人的意志和快乐，是应该尊重的。

（四）社会是个人的总寿命，社会解散，个人死后便没有联续的记忆和知觉；所以社会的组织和秩序，是应该尊重的。

（五）执行意志，满足欲望（自食色以至道德的名誉，都是欲望），是个人生存的根本理由，始终不变的（此处可以说“天不变，道亦不变”）。

（六）一切宗教、法律、道德、政治，不过是维持社会不得已的方法，非个人所以乐生的原意，可以随着时势变更的。

（七）人生幸福，是人生自身出力造成的，非是上帝所赐，也不是听其自然所能成就的。若是上帝所赐，何以厚于今人而薄于古人？若是听其自然所能成就，何以世界各民族的幸福不能够一样呢？

（八）个人之在社会，好像细胞之在人身，生灭无常，新陈代谢，本是理所当然，丝毫不足恐怖。

（九）要享幸福，莫怕痛苦。现在个人的痛苦，有时可以造成未来个人的幸福。譬如有主义的战争所流的血，往往洗去人类或民族的污点。极大的瘟疫，往往促成科学的发达。

总而言之，人生在世，究竟为的甚么？究竟应该怎样？我敢说道："个人生存的时候，当努力造成幸福，享受幸福；并且留在社会上，后来的个人也能够享受。递相授受，以至无穷。"

今

□ 李大钊

我以为世间最可宝贵的就是“今”，最易丧失的也是“今”，因为他最容易丧失，所以更觉得他可以宝贵。

为甚么“今”最可宝贵呢？最好借哲人耶曼孙所说的话答这个疑问：“尔若爱千古，尔当爱现在。昨日不能唤回来，明天还不确实，尔能确有把握的就是今日。今日一天，当明日两天。”

为甚么“今”最易丧失呢？因为宇宙大化，刻刻流转，绝不停留。时间这个东西，也不因为吾人贵他爱他稍稍在人间留恋。试问吾人说“今”说“现在”，茫茫百千万劫，究竟哪一刹那是吾人的“今”，是吾人的“现在”呢？刚刚说他是“今”是

“现在”，他早已风驰电掣的一般，已成“过去”了。吾人若要糊糊涂涂把他丢掉，岂不可惜?

有的哲学家说，时间但有“过去”与“未来”，并无“现在”。有的又说，“过去”“未来”皆是“现在”。我以为“过去未来皆是现在”的话倒有些道理。因为“现在”就是所有“过去”流入的世界，换句话说，所有“过去”都埋没于“现在”的里边。故一时代的思潮，不是单纯在这个时代所能凭空成立的，不晓得有几多“过去”时代的思潮，差不多可以说是由所有“过去”时代的思潮，一凑合而成的。

吾人投一石子于时代潮流里面，所激起的波澜声响，都向永远流动传播，不能消灭。屈原的《离骚》，永远使人人感泣。打击林肯头颅的枪声，呼应于永远的时间与空间。一时代的变动，绝不消失，仍遗留于次一时代，这样传演，至于无穷，在世界中有一贯相联的永远性。昨日的事件，与今日的事件，合构成数个复杂事件。此数个复杂事件，与明日的数个复杂事件，更合构成数个复杂事件。势力结合势力，问题牵起问题。无限的“过去”，都以“现在”为归宿。无限的“未来”，都以“现在”为渊源。“过去”“未来”的中间，全仗有“现在”以成其连续，以成其永远，以成其无始无终的大实在。一掣现在的铃，无限的过去未来皆遥相呼应。这就是过去未来皆是现在的道理，这就是“今”最可宝贵的道理。

现时有两种不知爱“今”的人：一种是厌“今”的人，一种是乐“今”的人。

厌“今”的人也有两派。一派是对于“现在”一切现象都不满足，因起一种回顾“过去”的感想。他们觉得“今”的总是不好，古的都是好。政治、法律、道德、风俗，全是“今”不如古。此派人惟一的希望在复古。他们的心力全施于复古的运动。一派是对于“现在”一切现象都不满足，与复古的厌“今”派全同。但是他们不想“过去”，但盼“将来”。盼“将来”的结果，往往流于梦想，把许多“现在”可以努力的事业都放弃不做，单是耽溺于虚无飘渺的空玄境界。这两派人都是不能助益进化，并且很足阻滞进化的。

乐“今”的人大概是些无志趣无意识的人，是些对于“现在”一切满足的人。他们觉得所处境遇可以安乐优游，不必再商进取，再为创造。这种人丧失“今”的好处，阻滞进化的潮流，同厌“今”派毫无区别。

原来厌“今”为人类的通性。大凡一境尚未实现以前，觉得此境有无限的佳趣，有无疆的福利；一旦身陷其境，却觉不过尔尔，随即起一种失望的念，厌“今”的心。又如吾人方处一境，觉得无甚可乐；而一旦其境变易，却又觉得其境可恋，其情可思。前者为企望“将来”的动机；后者为反顾“过去”的动机。但是回想“过去”，毫无效用，且空耗努力的时间。若以企望“将来”的动机，而尽“现在”的势力，则厌“今”思想，却大足为进化的原动。乐“今”是一种惰性（inertia），须再进一步，了解“今”所以可爱的道理。全在凭他可以为创造“将来”的努力，决不在得他可以安乐无为。

热心复古的人，开口闭口都是说“现在”的境象若何黑暗，若何卑污，罪恶若何深重，祸患若何剧烈。要晓得“现在”的境象倘若真是这样黑暗，这样卑污，罪恶这样深重，祸患这样剧烈，也都是“过去”所遗留的宿孽，断断不是“现在”造的；全归咎于“现在”，是断断不能受的。要想改变他，但当努力以回复“过去”。

照这个道理讲起来，大实在的瀑流，永远由无始的实在向无终的实在奔流。吾人的“我”，吾人的生命，也永远合所有生活上的潮流，随着大实在的奔流，以为扩大，以为继续，以为进转，以为发展。故实在即动力，生命即流转。

忆独秀先生曾于《一九一六年》文中说过，青年欲达民族更新的希望，“必自杀其一九一五年之青年，而自重其一九一六年之青年。”我尝推广其意，也说过人生惟一的薪向，青年惟一的责任，在“从现在青春之我，扑杀过去青春之我；促今日青春之我，禅让明日青春之我”。“不仅以今日青春之我，追杀今日白首之我，并宜以今日青春之我，豫杀来日白首之我。”实则历史的现象，时时流转，时时变易，同时还遗留永远不灭的现象和生命于宇宙之间，如何能杀得？所谓杀者，不过使今日的“我”不仍旧沉滞于昨天的“我”。而在今日之“我”中，固明明有昨天的“我”存在。不止有昨天的“我”，昨天以前的“我”，乃至十年二十年百千万亿年的“我”，都俨然存在于“今我”的身上。然则“今”之“我”，“我”之“今”，岂可不珍重自将，为世间造些功德。稍一失脚，必致遗留层层罪恶种子于“未来”无量的人，即未来无量的“我”，永不能消除，永不能忏悔。

我请以最简明的一句话写出这篇的意思来：

吾人在世，不可厌“今”而徒回思“过去”，梦想“将来”，以耗误“现在”的努力；又不可以“今”境自足，毫不拿出“现在”的努力，谋“将来”的发展。宜善用“今”，以努力为“将来”之创造。由“今”所造的功德罪孽，永久不灭。故人生本务，在随实在之进行，为后人造大功德，供永远的“我”享受，扩张，传袭，至无穷极，以达“宇宙即我，我即宇宙”之究竟。

随感十三则

□ 丰子恺

一

花台里生出三枝扁豆秧来。我把它们移种到一块空地上，并且用竹竿搭一个棚，以扶植它们。每天清晨为它们整理枝叶，看它们欣欣向荣，自然发生一种兴味。

那蔓好像一个触手，具有可惊的攀缘力。但究竟因为不生眼睛，只管盲目地向上发展，有时会钻进竹竿的裂缝里，回不出来，看了令人发笑。有时一根长条独自脱离了棚，颤袅地向空中伸展，好像一个摸不着壁的盲子，看了又很可怜。这等时候便需我去扶助。扶助了一个月之后，满棚枝叶婆娑，棚下已堪纳凉闲话了。

有一天清晨，我发见豆棚上忽然有了大批的枯叶和许多软垂的蔓，惊奇得很。仔细检查，原来近地面处一支总干，被不知甚么东西伤害了。未曾全断，但不绝如缕。根上的养分通不上去，凡属这总干的枝叶就全部枯萎，眼见得这一族快灭亡了。

这状态非常凄惨，使我联想起世间种种的不幸。

二

有一种椅子，使我不易忘记：那坐的地方，雕着一只屁股的模子，中间还有一条凸起，坐时可把屁股精密地装进模子中，好像浇塑石膏模型一般。

大抵中国式的器物，以形式为主，而用身体去迁就形式。故椅子的靠背与坐板成九十度角，衣服的袖子长过手指。西洋式的器物，则以身体的实用为主，形式即由实用产生。故缝西装须量身体，剪刀柄上的两个洞，也完全依照手指的横断面的形状而制造。那种有屁股模子的椅子，显然是西洋风的产物。

但这已走到西洋风的极端，而且过分了。凡物过分必有流弊。像这种椅子，究竟不合实用，又不雅观。我每次看见，常误认它为一种刑具。

三

散步中，在静僻的路旁的杂草间拾得一个很大的钥匙。制造非常精致而坚牢，似是巩固的大洋箱上的原配。不知从何人的手中因何缘而落在这杂草中的？我未被“路不拾遗”之化，又不耐坐在路旁等候失主的来寻；但也不愿把这个东西藏进自己的袋里去，就擎在手中走路，好像采得了一朵野花。

我因此想起《水浒》中五台山上挑酒担者所唱的歌：“九里山前作战场，牧童拾得旧刀枪。”这两句怪有意味。假如我做了那个牧童，拾得旧刀枪时定有无限的感慨：不知那刀枪的柄曾经受过谁人的驱使？那刀枪的尖曾经吃过谁人的血肉？又不知在它们的活动之下，曾经害死了多少人之性命。

也许我现在就同“牧童拾得旧刀枪”一样。在这个大钥匙塞在大洋箱键孔中时的活动之下，也曾经害死过不少人的性命，亦未可知。

四

发开十年前堆塞着的一箱旧物来，一一检视，每一件东西都告诉我一段旧事。我仿佛看了一幕自己为主角的影戏。

结果从这里面取出一把油画用的调色板刀，把其余的照旧封闭了，塞在床底下。但我取出这调色板刀，并非想描油画。是利用它来切芋艿，削萝卜吃。

这原是十余年前我在东京的旧货摊上买来的。它也许曾经跟随名贵的画家，指挥高价的油画颜料，制作出帝展一等奖的作品来博得沸腾的荣誉。现在叫它切芋艿，削萝卜，真是委屈了它。但芋艿，萝卜中所含的人生的滋味，也许比油画中更为丰富，让它尝尝罢。

五

十余年前有一个时期流行用紫色的水写字。买三五个铜板洋青莲，可泡一大瓶紫水，随时注入墨匣，有好久可用。我也用过一会，觉得这固然比磨墨简便。但我用了不久就不用，我嫌它颜色不好，看久了令人厌倦。

后来大家渐渐不用，不久此风便熄。用不厌的，毕竟只有黑和蓝两色：东洋人写字用黑。黑由红黄蓝三原色等量混和而成，三原色具足时，使人起安定圆满之感。因为世间一切色彩皆由三原色产生，故黑色中包含着世间一切色彩了。西洋人写字用蓝，蓝色在三原色中为寒色，少刺激而沉静，最可亲近。故用以写字，使人看了也不会厌倦。

紫色为红蓝两色合成。三原色既不具足，而性又刺激，宜其不堪常用。但这正是提倡白话文的初期，紫色是一种蓬勃的象征，并非偶然的。

六

孩子们对于生活的兴味都浓。而这个孩子特甚。

当他热中于一种游戏的时候，吃饭要叫到五六遍才来，吃了两三口就走，游戏中不得已出去小便，常常先放了半场，勒住裤腰，走回来参加一歇游戏，再去放出后半场。看书发见一个疑问，立刻捧了书来找我，茅坑间里也会找寻过来。得了解答，拔脚便走，常常把一只拖鞋遗剩在我面前的地上而去。直到划袜走了七八步方才觉察，独脚跳回来取鞋。他有几个星期热中于搭火车，几个星期热中于着象棋，又有几个星期热中于查《王云五大词典》，现在正热中于捉蟋蟀。但凡事兴味一过，便置之不问。无可热中的时候，镇日没精打彩，度日如年，口里叫着“饿来！饿来！”其实他并不想吃东西。

七

有一回我画一个人牵两只羊，画了两根绳子。有一位先生教我：“绳子只要画一根。牵了一只羊，后面的都会跟来。”我恍悟自己阅历太少。后来留心观察，看见果然：前头牵了一只羊走，后面数十只羊都会跟去。无论走向屠场，没有一只羊肯离群众而另觅生路的。

后来看见鸭也如此。赶鸭的人把数百只鸭放在河里，不须用绳子系住，群鸭自能互相追随，聚在一块。上岸的时候，赶鸭的人只要赶上一二只，其余的都会跟了上岸。无论在四通八达的港口，没有一只鸭肯离群众而走自己的路的。

牧羊的和赶鸭的就利用它们这模仿性，以完成他们自己的事业。

八

每逢赎得一剂中国药来，小孩们必然聚拢来看拆药。每逢打开一小包，他们必然惊奇叫喊。有时一齐叫道："啊！一包瓜子！"有时大家笑起来："哈哈！四只骰子！"有时惊奇得很："咦！这是洋团团的头发呢？"又有时吓了一跳："啊唷！许多老蝉！"病人听了这种叫声，可以转颦为笑。自笑为什么生了病要吃瓜子，骰子，洋团团的头发，或老蝉呢？看药方也是病中的一种消遣。药方前面的脉理大都乏味；后面的药名却怪有趣。这回我所服的，有一种叫作"知母"，有一种叫作"女贞"，名称都很别致。还有"银花"，"野蔷薇"，好像新出版的书的名目。

吃外国药没有这种趣味。中国数千年来为世界神秘风雅之国，这特色在一剂药里也很显明地表示着，来华考察的外国人，应该多吃几剂中国药回去。

九

《项脊轩记》里归熙甫描写自己闭户读书之久，说“能以足音辨人”。我近来卧病之久，也能以足音辨人。房门外就是扶梯，人在扶梯上走上走下，我不但能辨别各人的足音，又能在一人的足音中辨别其所为何来。“这会是徐妈送药来了？”果然。“这会是五官送报纸来了？”果然。

记得从前寓居在嘉兴时，大门终日关闭。房屋进深，敲门不易听见，故在门上装一铃索。来客拉索，里面的铃响了，人便出来开门。但来客极稀，总是这几个人。我听惯了，也能以铃声辨人，时有一种顽童或闲人经过门口，由于手痒或奇妙的心理，无端把铃索拉几下就逃，开门的人白跑了好几回；但以后不再上当了。因为我能辨别他们的铃声中含有仓皇的音调，便置之不理了。

十

盛夏的某晚，天气大热，而且奇闷。院子里纳凉的人，每人隔开数丈，默默地坐着摇扇。除了扇子的微音和偶发的呻吟声以外，没有别的声响。大家被炎威压迫得动弹不得，而且不知所云了。

这沉闷的静默继续了约半小时之久。墙外的弄里一个嘹亮清脆而有力的叫声，忽然来打破这静默："今夜好热！啊咦——好热！"

院子里的人不期地跟着他叫："好热！"接着便有人起来行动，或者起立，或者欠伸，似乎大家出了一口气。炎威也似乎被这喊声喝退了些。

十一

尊客降临，我陪他们吃饭往往失礼。有的尊客吃起饭来慢得很：一粒一粒地数进口去。我则吃两碗饭只消五六分钟，不能奉陪。

我吃饭快速的习惯，是小时在寄宿学校里养成的。那校中功课很忙，饭后的时间要练习弹琴。我每餐连盥洗只限十分钟了事，养成了习惯。现在我早已出学校，可以无须如此了，但这习惯仍是不改。我常自比于牛的反刍：牛在山野中自由觅食，防猛兽迫害，先把草囫囵吞入胃中，回洞后再吐出来细细嚼食，养成了习惯。现在牛已被人关在家里喂养，可以无须如此了，但这习惯仍是不改。

据我推想，牛也许是恋慕着野生时代在山中的自由，所以不肯改去它的习惯的。

十二

新点着一支香烟，吸了三四口，拿到痰盂上去敲烟灰。敲得重了些，雪白而长长的一支大美丽香烟翻落在痰盂中，“吱”地一声叫，溺死在污水里了。

我向痰盂怅望，嗟叹了两声，似有“一失足成千古恨”之感。我觉得这比丢弃两个铜板肉痛得多。因为香烟经过人工的制造，且直接有惠于我的生活。故我对于这东西本身自有感情，与价钱无关。两角钱可买二十包火柴。照理，丢掉两角钱同焚去二十包火柴一样。但丢掉两角钱不足深惜，而焚去二十包火柴人都不忍心做。做了即使别人不说暴殄天物，自己也对不起火柴。

十三

一位开羊行的朋友为我谈羊的话。据说他们行里有一只不杀的老羊，为它颇有功劳：他们在乡下收罗了一群羊，要装进船里，运往上海去屠杀的时候，群羊往往不肯走上船去。他们便牵这老羊出来。老羊向群羊叫了几声，奋勇地走到河岸上，蹲身一跳，首先跳入船中。群羊看见老羊上船了，便大家模仿起来，争先恐后地跳进船里去。等到一群羊全部上船之后，他们便把老羊牵上岸来，仍旧送回棚里。每次装羊，必须央这老羊引导。老羊因有这点功劳，得保全自己的性命。

我想，这不杀的老羊，原来是该死的“羊奸”。

一九三三年九月。

做一个战士

□巴　金

一个年轻的朋友写信问我："应该做一个什么样的人？"我回答他："做一个战士。"

另一个朋友问我："怎样对付生活？"我仍旧答道："做一个战士。"

《战士颂》的作者曾经写过这样的话：

我激荡在这绵绵不息、滂沱四方的生命洪流中，我就应该追逐这洪流，而且追过它，自己去造更广、更深的洪流。

我如果是一盏灯，这灯的用处便是照彻那多量的黑暗。我如果是海潮，便要鼓起波涛去洗涤海边一切陈腐的积物。

这一段话很恰当地写出了战士的心情。

在这个时代，战士是最需要的。但是这样的战士并不一定要持枪上战场，他的武器也不一定是枪弹。他的武器还可以是知识、信仰和坚强的意志。他并不一定要流仇敌的血，却能更有把握地致敌死命。

战士是永远追求光明的。他并不躺在晴空下享受阳光，却在暗夜里燃起火炬，给人们照亮道路，使他们走向黎明。驱散黑暗，这是战士的任务。他不躲避黑暗，却要面对黑暗，跟躲藏在阴影里的魑魅魍魉搏斗。他要消灭它们而取得光明。战士是不知道妥协的。他得不到光明便不会停止战斗。

战士是永远年轻的。他不犹豫，不休息。他深入人丛中，找寻苍蝇、毒蚊等等危害人类的东西。他不断地攻击它们，不肯与它们共同生存在一个天空下面。

对于战士，生活就是不停地战斗。他不是取得光明而生存，便是带着满身伤疤而死去。在战斗中力量只有增长，信仰只有加强。在战斗中给战士指路的是“未来”，“未来”给人以希望和鼓舞。战士永远不会失去青春的活力。

战士是不知道灰心与绝望的。他甚至在失败的废墟上，还要堆起破碎的砖石重建九级宝塔。任何打击都不能击破战士的意志。只有在死的时候他才闭上眼睛。

战士是不知道畏缩的。他的脚步很坚定。他看定目标，便一直向前走去。他不怕被绊脚石摔倒，没有一种障碍能使他改变心思。假象绝不能迷住战士的眼睛，支配战士行动的是信仰。他能够忍受一切艰难、痛苦而达到他所选定的目标。除非他死，人不能使他放弃工作。

这便是我们现在需要的战士。这样的战士并不一定具有超人的能力。他是一个平凡的人。每个人都可以做战士，只要他有决心。所以我用“做一个战士”的话来激励那些在彷徨、苦闷中的年轻朋友。

寿则多辱

□ 张中行

这句话出于《庄子》，多年前看到，想到人生，不免有些感慨。但感慨的确切情况，一时又说不清楚。何以故？因为人生，总的看，天命，人性，爱好，规律，等等，是复杂的；分别看，古今中外，森罗万象，头绪更加纷繁。专就寿说，以为会随来多种辱，至少由庄子看，有道理；可是放眼看看世人，讲卫生，勤锻炼，饱食暖衣之余，还要加些补药，所为何来？不过是多活些时候，何况依常见，也确是有荣华舒适与高寿相伴的。但也是依常见，尤其红粉佳人，最怕天增岁月，老之将至。这是一笔糊涂账，来于由不同的角度看，或由不同的人看，甚至同一个人而由不同的时间看。这不同就给寿则多辱的看法留有余地，或者说，由某时以及某个角度看，情况也可能正是这样。我老了，有时想到这句古话，原来轻飘飘的感慨就变为质实而沉重，就算作只是心情的一个方面吧，既然有此一面，就无妨说说。

由话的出处说起，《庄子·天地》篇说："尧观乎华（地名），华封人（守封疆之人）曰：嘻！圣人。请祝圣人。使圣人寿。尧曰：辞。使圣人富。尧曰：辞。使圣人多男子。尧曰：辞。封人曰：寿、富、多男子，人之所欲也，女（汝）独不欲，何邪（耶）？尧曰：多男子则多惧，富则多事，寿则多辱，是三者非所以养德也，故辞。"单说这寿则多辱，成玄英疏有解释，是"命寿延长，则贻困辱"。释辱为困辱，依生疏的通例，是成玄英认为，原话的辱，也包括困。如果他的理解不错，我们就可以说，尧用的是辱的广义，除了自己须负道德责任的失误之外，还包括受外力的限制，不能腾达、不能如意一类事。范围这样扩大有好处，一是其小焉者，"寿则多"就可以得到较多方面的支持，二是其大焉者，才可以借用孟老夫子的话，说"于我心有戚戚焉"。径直说，是因为命寿延长，自己觉得不顺心，旁人看着不赏识甚至不光彩的事就本来可以无而成为有或本来可以少而成为多。这是伴随寿而来的辱，也许无法避免吧？命也，所以就不能不感慨。感慨属于心，不好说；命表现为事，可以说说。事太多，只得大题小作，用以管窥豹法；并先泛说，然后反求诸己，说一些感触最深的。

泛说，用窥豹法是窥世人，显然，因寿而来的辱就会无限之多。幸而“窥”之后还有“一斑”，即容许用少量的事以显概括的理。这事，想只举三种。其一是佛门所说四苦之一的“老”。任人皆知，老，除年岁以外，会带来一切可意事物的下降，最明显的是活动能力的下降，如当年力能扛鼎，变为至多仅能缚鸡；当年走南闯北，变为至多扶杖到门外转转；一些通文的，当年下笔千言，倚马可待，变为江郎才尽，举笔不能成篇；等等。这分的种种还必致变为总的，是当年有本领，家门之内，仰足以事父母，俯足以畜妻子，走出家门，帮助这个，指导那个，可谓“固一世之雄也”，变为“而今安在哉”。这种种情况又必致由外而内，即由觉知深化为痛心。总的说是没落感，不再有人重视，或简直被人忘了。这“人”，有只是路遇点头微笑的，关系不大；由远而近，到亲友，就分量加重；更近，到心之所系，就不能不兴白居易的“尽日无人属阿谁”之叹。因老而来的困辱，还有实际更难忍的，是也常见的兼贫而且病。贫来于社会，是收入少了甚至没有收入；病来于自然，因为身体的各部位健壮情况下降，病就更容易侵入。如果不幸而老与贫病俱来，自力更生的办法行不通了，可能的路就只有两条：一条好些，是靠人；另一条很坏，是无人可靠。无人可靠，困辱的情况会如何剧烈，可以想见；就是有人可靠，想到昔年的“行有余力”，甚至曾叱咤风云，也总是很凄惨的吧？

其二，再窥个一斑，是美人迟暮。上面说过，红粉佳人怕老之将至。其实应该说最怕。何以最怕？因为美将变为不美。男性，或女性而非佳人，如无盐、孟光之流，随年岁之增长也变，但变化的距离小，就不那么彰明较著，怕的程度也就可以浅一些。这里也许应该岔出一笔，问问何谓美，以及美为什么比不美好。答可以走繁难一条路，那就不得不绕个大圈子，估计连佳人以及爱佳人的人也未必有耐心听。所以不如走简易一条路，把判断权交给以“天命之谓性”为基础的常识，这是美的，会使多数人兴起爱慕之心。所谓多数，还包括被爱慕的，所谓顾影自怜是也；甚至本来抱敌意的，如桓大司马的尊夫人所说我见犹怜是也。佳人，据未经调查研究的所知，没有不欢迎爱慕之心的，换句话说，都爱美如命，或甚于命，纵使对于兴起爱慕之心的，未必都乐得给予“临去秋波那一转”。可是很遗憾，这比命还贵重的美，偏偏如春花之不能长此艳丽，而是随着岁月的增添，由消减而终于成为空无。话归本题，是寿使美变为不美；不美的程度还可以加深，就成为丑。变化如此之大，佳人本人有何感触，自然只有佳人自己能知道；我想说一点点来于外观的，以证取这样的一斑不是杞人忧天。我以莫知所自来的机缘，认识三位年龄与我相仿的女性，上学时期都是校花，即公认的佳人。佳人，而且公认，其为美自然不容置疑。可是由于寿，古稀以后，我见到，怎么说呢？只好慨叹上天之有始无终，或说先是厚之，而后则薄之。有没有一厚到底的办法？驻颜是理想；至于实际，就只有不寿的一法，如明朝末年的才女叶小鸾，虚岁十七，未嫁而卒，给人的印象就总是娇滴滴的。另一面，如南明秦淮第一美人顾媚就不成，得寿，传说辞世时现老僧相，僧而老，与美大异其趣，还有谁会兴起爱慕之心呢？佳人而不再有人兴起爱慕之心，所失真是太多了，究其因，是寿在作祟。

其三，还可以窥个一斑，以证寿的影响更加重大。仍用以事见理法。这方面，如果翻腾旧文献，就会说之不尽。想只取个时代近并便于对比的，是绍兴周氏弟兄，二弟寿而长兄不寿。先说寿的二弟，如果写完五十自寿的打油诗，天不假以年，见了上帝，就不会有其后的出山，戴本不该戴的乌纱帽，住老虎桥监狱，易代后闭门思过，直到大风暴自天而降，受折磨而死。不寿的长兄呢，如果也寿，且不说八年的兵荒马乱，易代之后会如何呢？那支笔，仍写自由谈吗？还是学尹吉甫，应时作诵呢？总之，会有些问题，我们想不明白。而不寿，则一切问题都灰飞烟灭，剩下的只是功成名就。这样说，尤其在这类大关节上，寿则多辱的看法就更值得深思了。

泛说完，照前面许的愿，要改为说自己的感触。如果人生一世，只分为寿夭两类，我当然要划归寿的一群。这不好吗？我是常人，虽然拿起哲学书本，也曾想入非非，可是由禅堂而走入食堂，就不能不恢复常态，就是说，同常人一样，仍旧觉得活着比死好，蛋糕比窝窝头容易下咽。但这只是生活的一页；人生是复杂的，一面之外还有其他方面，这其他方面之中就有个不小的户头，是因寿而有的一些困辱。只说常在心头动荡的。一种，是由他人的怜悯而来的失落感。比如约一年以前，我的办公桌连升三级，由一楼迁到四楼，每天要上下若干次，路上遇见的人几乎都比我年轻，并都有惜老怜贫的善念，

常常要说这样一句 :“慢点，别摔倒！”我口说“不要紧”，心里感谢，紧跟着感谢之情来的就是失落的凄凉。失落什么？健康，能力，甚至青春，什么都有。但想想，这是定命，又有什么办法？另一种，是记忆力的减退。这有时使我很难过，只举两类事为例。一类是找书。我存书不算多，大革命中毁了一半，所余更是有限，可是已经有几次，找某种书，以为必在某处，却找不到，结果只能望书橱而兴叹。另一类是记人。有很多次，见到不很生的人，人家近前，热情寒暄，我却叫不出人家的大名。问？装作记得？不免于左右为难。再说一种，是思辨力的减退。有些问题，昔日拿起笔，可以说清楚，现在像是不那么轻易了，有时甚至发现前后不能照应。这使我不能不感到，丧失的真是太多了。最后还可以说一种，是情意的没有归宿。用道家的眼看，我天机浅，又择求不慎，走了与“不识不知，顺帝之则”相反的路，因而清楚地感到有人生问题，也就禁不住思索人生问题。都想了什么？有何觉知？一言难尽。只说与这里有关的，是心作逍遥之游，可以趋向情灭的禅境，也可以趋向情生的诗境，凭理智，认为趋向禅境是上策，可是情意更有大力，所以实际总是经常趋向诗境。可惜寿与诗境是常常难于协调的，比如诗境中有微笑的温存，表现为湘笺，为履迹，为剥啄声，由于寿就会变为去者日以疏。还能剩下什么呢？恐怕只能是“今雨不来”的孤寂之境之感吧？以上几种都是随寿而来的困辱，有什么办法能消除吗？理想的妙法是佛典的《金刚经》所说 :“应无所住，而生其心。”但是可惜，这又是禅境，刚说过是易知而难行的。于是剩下的就只有道家的一条路，曰“知其不可奈何而安之若命”。但围绕着“安”也还有些问题，一方面，能安并不容易；另一方面，比如勉为其难，似有所获，这胜利怕也是阿Q式的吧？事实总是比想象更难对付，所以有时想到寿则多辱这句话，就不禁联想到孔子说的“畏天命”，天道远，可是不可抗，除慨叹以外，还能怎么样呢？

恋 情

□ 张中行

恋情指一种强烈的想与异性亲近并结合的感情。这里说异性，是想只讲常态，不讲变态；如果也讲变态，那就同性之间也可以产生恋情。恋情是情的一种，也许是最强烈的一种。何以最强烈？先说说情的性质。小孩子要糖吃，得到，笑；不得，哭；笑和哭是表情，所表的是情。情是一种心理状态，来于“要”的得不得。要，通常称为“欲”，是根；情由欲来，是欲在心理上的明朗化。明朗，于是活跃，有力；这力，表现为为欲的满足而冲锋陷阵。这样说，如果照佛家的想法，视欲为不可欲，那情就成为助纣为虐的力量。有所欲、求，情立刻就来助威，其方式是，不得就苦恼，甚至苦到不可忍，其后自然是赴汤蹈火，在所不辞了。这样，比喻情为胡作非为，欲就成为主使。所以要进一步问，欲是怎么回事。荀子说，“人生而有欲”，与生俱来，那就难得问何所为。正如《中庸》所说，“天命之谓性”，天而且命，怎么回事，自然只有天知道。我们现在可以说得少神秘些，是生命的本质（以己身为本位外求）就是如此，生就不能无所求，求即欲，半斤八两，也好不了多少。所以还得回到荀子，承认人生的有欲，不问原由，不问价值，接受了事。欲是有所求，恋情之根的欲，所求是什么？很遗憾，这里只能把自负为万物之灵的人降到与鸟兽（或再低，昆虫以及植物之类）同群，说，恋慕异性，自认为柏拉图式也好，吟诵“春蚕到死丝方尽，蜡炬成灰泪始干”也好，透过皮肉看内情，不过是为“传种”而已。传种何以如此重要？在承认“天命之谓性”的前提下，记得西方某哲学家曾说，种族的延续在人生中重于一切，所以个人不得不尽一切力量完成此任务，如恋爱失败即表示此任务不能完成，宁可自杀。如果这种认识不错，那就可以进一步设想，美貌以及多种称心如意，不过是为种族延续而设的诱饵，人都是主动上钩而不觉得。我闭门造车，缩种族生命为个人生命，说，因为有生必有死，而仍固执“天地之大德曰生”，只好退一步，用传种的办法以求生命仍能延续。延续有什么意义呢？我们不能知道，但逆天之命总是太难，所以也就只好承认“男女居室，人之大欲存焉”，就是说，到情动于中不得不发的时候，就发，去找异性寄托恋情。

上面所讲是走查出身的路子，或说多问客观本质而少顾及主观印象。所谓主观印象是当事人心中所感和所想，那就经常离本质的目的很远，甚至某一时期，真成为柏拉图式。这就是通常说的纯洁的爱，不计财富，不计地位，甚至不计容貌，只要能亲近，能结合，即使世界因此而一霎时化为无有，也可以心满意足。这主观有很多幻想成分，幻想，不实，没有问题；也不好吗？我看是没有什么不好，因为，如果说人的一生，所经历都是外界与内心混合的境，这恋情之境应该算作最贵重的，希有，所以值得特别珍视。珍视，自然仍是由自己的感情出发；至于跳到己身以外，用理智的眼看，就还会看到不少值得三思的情况。

先由正面说。一种情况是，有情人终于就成为眷属。那恋情就有好的作用。理由有道理方面的，是一，双方的了解比较深，结合之后，合得来的机会就大得多；二，结合之后，风晨月夕，多有过去依恋的梦影，单是这种回味，也是一种珍贵的享受。理由还有事实的，是旧时代，男女结合，凭父母之命，媒妁之言，结合之前几乎都是没有恋情，这就成为赤裸裸的传种关系，有的甚至一生没有依恋之情，如果算浮生之账，损失就太大了。

还有一种情况，是因为经历某种挫折，有情人未能成为眷属。有情的情有程度之差。数面之雅，印象不坏，时过境迁，渐渐淡薄甚至忘却的，这里可以不管。想谈的是情很浓厚，都愿意结合而未能结合的。这会带来强烈的痛苦，如何对待？如果当事人不是太上忘情的人，快刀斩乱麻，求苦变为不苦是不可能的。要在忍中求淡化。可以找助力。总的是时间，过去了，影子会逐渐由近而远，苦的程度也会随着下降。分的呢，一方面可以用理智分析，使自己确信，机遇会播弄任何人，如意和失意都是人情之常；另一方面可以用变境法移情。变有大变，如世间所常见，有的人由江南移到漠北，有小变，如由作诗填词改为研究某一门科学，目的都是打乱原来的生活秩序，使记忆由明朗变为模糊。这样，时间加办法，终于显出威力，苦就会由渐淡变为很少甚至没有。可是恋情的往事不虚，要怎么对待才好呢？可以忘却，是道人的办法。用诗人的眼看就大不应该，因为这是人生中最贵重的财富，不只应该保留，而且应该利用。如何利用？我的想法，可以学历代诗人、词人的精神，或写，或借来吟诵，如“此情可待成追忆，只是当时已惘然”之类，白首而温红颜时的旧梦，比读小说看戏，陪着创造的人物落泪，意义总深远得多吧。

再说反面的，是恋情也会带来一些不如意或不好处理的问题。其一是它总是带有盲目性，盲目的结果是乱走，自然就容易跌跤。可怕的是这盲目也来自天命，如前面所说，因为传种重于一切，于是情人眼里就容易出西施。换句话说是会见一个爱一个，就是时间不很短，也是感情掩盖了理性，对于眼中的异性，只看见优点而看不见缺点。为结合而应该注意的条件，如是否门当户对（指年龄、地位、能力等），性格、爱好、信仰等是否合得来，都扔开不管了。这样为恋情所蔽，显而易见，结果必是，结合之后，隐藏的问题就接踵而来。诸多问题都由盲目来，有没有办法使盲目变为明目？理论上，对付情，要用理；可是实际上，有了恋情就经常是不讲理。这是说，求明目，很难。但是为了实利，又不当知难而退，所以还是不得不死马当活马治。可用的药主要是外来的，其中有社交的环境，比如有较多的认识异性的机会，这多会带来比较，比较会带来冷静，这就为理智的介入开了个小门，盲目性也就可以减少一些。环境之外，长者（包括家长、老师等）和友人的教导也会起些作用；如果能够起作用，作用总是好的，因为旁观者清。但是也要知道，外来的力量，只有经过内的渠道才能显示力量，所以纵使恋情的本性经常是不讲理，为了减少其盲目性，我们还是不得不奉劝因有恋情而盲目的人，至少要知道，惟有这样的时候才更需要理智。

其二是恋情会引来广生与独占的冲突，其结果是必致产生麻烦和痛苦。广生是不只对一个人产生恋情，小说人物贾宝玉可作为典型的代表，宝、黛，他爱，降格，以至于香菱、平儿，他也爱。见如意的异性就动情，尤其男性，也来于“天命之谓性”，欢迎也罢，不欢迎也罢，反正有大力，难于抗拒。可惜是同时又想独占，也举小说人物为例，是林黛玉可为典型的代表，不能得宝玉，她就不能活下去。人生，饮食男女，男女方面的许多悲剧是从这种冲突来。怎么办？根治的办法是变“天命之谓性”，比如说，广生之情和独占之情，两者只留一个，冲突自然随着化为无有。可是人定胜天终归只是理想，至少是不能不有个限度，所以靠天吃饭还是不成。靠自力，有什么办法呢？已经用过并还在用的办法是制度加道德，这会产生拘束的力量。拘束不是根除，就是说，力量是有限的。不过，如果我们既不能改变“天命之谓性”，又想不出其他有效的办法，那就只好承认，有限的力量总比毫无力量好。

其三，总的说个更大号的，是恋情经常与苦为伴。苦有最明显的，是动情而对方不愿接受，或接受而有情人终于未能成为眷属。苦有次明显的，是动情而前途未卜，因而患得患失，以至寝食不安；或前途有望而不能常聚，俗语所谓害相思，也就会寝食不安。人生有多种大苦。有的由自然来，如水旱（饥饿）、地震之类。有的由人祸来，如战争、政治迫害之类。与这类大苦相比，伴恋情而来的苦也许应该排在第一位，原因是一，几乎人人有份；二，最难忍。所以佛家视情欲为大敌，要用灭的办法以求无苦。这个想法，用逻辑的眼看相当美妙，因为灭掉情欲是釜底抽薪。可惜是一般人只能用肉眼看，那就即使明察苦之源也只好顺受，因为实际是没有舍去恋情的大雄之力。但苦总是不值得欢迎的，还有没有办法驱除？勉强找，是道家的。还可以分为上中下三等。上是得天独厚。庄子说，“其耆（嗜）欲深者其天机浅”，推想，或眼见，世间也有天机深的，那就会见可欲而不动情，心如止水，或至多是清且涟漪，不至起大的波涛，也就不会有大苦。中等是以道心制凡心，如庄子丧妻之鼓盆而歌，所谓任其自然。上等的路，仍是天命，自然就非人力所能左右。中等呢，道心来于人，但究竟太难了。所以容易走的路只有下等一条，是“知其不可奈何而安之若命”，用儒家的话说是忍。这不好吗？也未尝不可以说是好，因为对天命说，这是委婉的抵抗，对人事说，这是以恕道待之，所以庄子于“知其不可奈何而安之若命”之后，紧接着还加了一句，是“德之至也”。德之至，就是没有比这样更好的了。视无可奈何为德之至，也许近于悲观吗？那就还有一条路可走，是常人的，不问底里，不计得失，而安于“衣带渐宽终不悔，为伊消得人憔悴”也好。

性而上的迷失

□ 韩少功

一

有些事情如俗话说的：你越把它当回事它就越是回事。所谓“性”就是这样。

性算不上人的专利，是一种遍及生物界的现象，一种使禽兽花草万物生生不息的自然力。不，甚至不仅仅是一种生物现象，很可能也是一种物理现象，比如电磁场中同性相排斥异性相吸引的常见景观，没有什么奇怪。谁会对好些哆哆嗦嗦乱窜的小铁屑赋予罪恶感或神圣感呢？谁会对它们痛心疾首或含泪欢呼呢？事情差不多就是这样，一种类同于氨基丙苯的化学物质，其中包括新肾上腺素、多巴胺，尤其是苯乙胺，在情人的身体内燃烧，使他们两颊绯红，呼吸急促，眼睛发亮，生殖器官充血和勃动，面对自己的性对象晕头晕脑地呆笑。他们这些激动得哆哆嗦嗦的小铁屑在上帝微笑的眼里一次次实现着自然的预谋。

问题当然没有如此简单。性的浪漫化也是一笔文化遗产，始于裤子及文明对性的禁忌，始于人们对私有财产、家庭、子女优育等经济性需要。性的浪漫化刚好是它被羞耻化和神秘化之后一种必然的精神酿制和幻化，放射出五彩十色的灵光，照亮了男人和女人的双眸。直到这个世纪的一九六八年，时间已经很晚了，传统规范才受到最猛烈的动摇。美国好莱坞首次实行电影分级制度，X 级的色情电影合法上映令正人君子们目瞪口呆，一个警察说，当时一个矮小的老太太如果想买一份《纽约时报》，就得爬过三排《操 ×》杂志才能拿到。

避孕术造成了性与生殖分离的可能，使苯乙胺呼啸着从生殖义务中突围而去。其实，突围一直在进行，通奸与婚姻伴生，淫乱与贞节影随，而下流话历来是各民族语言中生气勃勃的野生物，通常在人们最高兴或最痛苦的时候脱口而出，泄漏出情感和思想中性的基因。即使在礼教最为苛刻和严格的民族，人们也可以从音乐、舞蹈、文学、服饰之类中辨出性的诱惑，而一个个名目各异的民间节庆，常在道德和法律的默许之下，让浪漫情调暖暖融融弥漫于月色火光之中，大多数都少不了自由男女之间性致盎然和性味无穷的交往和游戏，对歌，协舞，赠礼，追打笑闹，乃至幽会野合。这种节庆狂欢不拘礼法，作为礼法的休息日，是文明禁忌对苯乙胺的短暂性假释。

从某种特定意义上来说，种种狂欢节是人类性亢奋的文化象征。民俗学家们直到现在也不难考察到那些狂欢节目中性的遗痕。

始于西方的性解放，不过是把隐秘在狂欢节里的人性密码，译解成了宣言、游行、比基尼、国家法律、色情杂志、教授的著作、换妻俱乐部等等，使之成为一种显学，堂而皇之进入了人类的理智层面。

它会使每一天都成为狂欢节么?

二

禁限是一种很有意味的东西。礼教从不禁限人们大汗淋漓地为公众干活和为政权牺牲，可见禁限之物总是人们私心向往之物——否则就没有必要禁限。而禁限的心理效应往往强化了这种向往，使突破禁限的冒险变得更加刺激，更加稀罕，更加激动人心。设想要是人们以前从未设禁，性交可以像大街上握手一样随便，那也就索然无味，没有什么说头了。

因此，正是传统礼教的压抑，蓄聚了强大的纵欲势能，一旦社会管制稍有松懈，便洪流滚滚势不可挡地群“情”激荡举国变“色”。性文学也总是在性蒙昧灾区成为一个隐性的持久热点，成为很多正人君子一种病态的津津乐道和没完没了的打听癖、窥视癖。道德以前太把它当回事，它就真成一回事了。纵欲作为对禁欲的补偿和报复，常常成为社会开放初期一种心理高烧。纵欲者为了获得义理上的安全感，会要说出一些深刻的话。他们中间的某些人，如果吃饱喝足又有太多闲暇，如果他们本就缺乏热情和能力关注世界上更多刺心的难题，那么性解放就是他们最高和最后的深刻，是他们文化态度中惟一的激情之源。他们干不了别的什么。

这些人作为礼教的倒影，同样是一种文化。他们的夸大其辞，可能使刚有的坦诚失鲜得太快，可能把真理弄得脏兮兮的让人掉头而去。他们用清教专制兑换享乐专制，轻率地把性解放描绘成最高的政治，最高的宗教，最高的艺术，就像以前的伪道学把性压抑说成最高的政治，最高的宗教，最高的艺术。他们解除了礼教强加于性的种种罪恶性意义之后，必须对性强加上种种神圣性意义，不由分说地要别人对他们的性交表示尊敬和高兴。他们指责那些没有及时响应步调一致来加入淫乱大赛的人是伪君子，是辫子军，是废物。这样做当然简单易行——“富贵生淫欲”这句民间大俗话一旦现代起来就成了精装本。

这些文学脱星或学术脱星，把上帝给人穿的裤子脱了下来，然后要求人们承认生殖器就是新任上帝，春宫画就是最流行的现代《圣经》。他们最痛恶圣徒但自己不能没有圣徒慷慨悲歌的面孔。

这当然是有点东方特色的一种现代神话，最容易在清教国家或后清教国家获得信徒们的喝彩。相反，在性解放洪潮过去的地方，X 级影院里通常破旧而肮脏，只有寥落几个满身虱子和酒气的流浪汉昏昏瞌睡，不再被大学生们视为可以获得人生启迪的教堂和圣殿。性解放并没有降低都市男女的孤独指数和苦闷指数，并没有缓解"文明病"。最早的性解放先锋邓肯后来也生活极其恶化，肥胖臃肿，经常酗酒，胡吵乱闹，不大像一个幸福的退休教母。那里一方面有了得乐且乐的潇洒，另一方面也有了爱滋病、性变态、冷漠、吸毒之类的苦果。如果有人去那里宣言只要敢脱就获取了天堂的入场券，就可以一劳永逸地解除性的困惑和苦恼，甚至进而达到人生幸福的至境，这种神经病肯定半个美元也赚不着。

自由是一种风险投资。社会对婚姻问题的开明，提供了改正错误的自由也提供了增加错误的自由。解放者从今往后必须孤立无援地对付自己与性相关的困惑和苦恼，一切后果自己承担，没法向礼教赖账。正如有些父母怕孩子摔跤就不让他们踢球，我们为勇敢破禁欢呼。但勇敢就是勇敢，勇敢不是包赚不赔的特别股权。一九六八并不是幸运保险单的号码。踢足球就是踢足球，一只足球不算什么特别了不起的东西，不值得大吹大擂，穿上球鞋不意味着一定能射门得分，一定成为球星，更不意味着万事如意。

三

对理论常常不能太认真。

一个现代女子找到了一个她感“性”趣的男人，如果对方婉言拒绝她，这个女子就可能断言对方在压抑自己。你怎么活得这么虚伪呢？你太理智了，我觉得理智是最可恶的东西，是最压抑人性和情感的东西。人生能有几时醉？……

这个女子开导完了，出门碰到一个使她极其恶心的男人，被对方纠缠不休，她就可能说出另外一些理论：你怎么这样不克制自己呢？怎么这样缺乏理智呢？你只能让我恶心，我从没有见过像你这样无耻的人……

这个女子的理智论和反理智论兼备，只是随时根据具体情况各派其用，各得其所。你能说她是“理智派”还是“感情派”？同样，如果她心爱的丈夫另有新欢，要抛弃她了，她可能要大谈婚姻的神圣性；时隔不久如果她找到了更可心的人，对方是人家的丈夫，她就可能要大谈婚姻的荒谬性。你能说她是卫道士还是第三者乱党？如此等等。

理论、观念、概念之类，一到实际中总是为利欲所用。尤其在最虚无又最实用的现代，在我们这些凡夫俗子中间，理论通常只是某种利欲格局的体现，标示出理论者在这个格局中的方位和行动态势。一般来说，每一个人在这个利欲格局中都是强者又都是弱者——只是相对于不同的方面而言。因此，每一个人都万法皆备于我，都是潜在的理论全息体，从原则上说，是可以接受任何理论的，是需要任何理论的。用这一种而不用那一种，基本上取决于利欲的牵引。但这决不妨碍对付格局中的其他方面的时候，或者在整个格局发生变化的时候，人们及时呈现出完全不同的理论面目。比如一个大街上的革新派，完全可能是家里的保守派；一个下级面前的集权派，完全可能是上级面前的民主派。

这种情形难免使人沮丧：你能打起精神来与这些堂而皇之的理论较个真吗?

纵欲论在实际生活那里，通常是求爱术的演习，到时候与自述不幸、请吃请喝、看手相、下跪等等合用，也有点像征服大战时的劝降书。若碰上恶心的纠缠者，他们东张西望决不会说得这么滔滔不绝。他们求爱难而拒爱易，习惯于珍视自己的欲望而漠视他人的欲望，满脑子都是美事，因此较为偏好纵欲说。就像一些初入商界的毛头小子，只算收入不算支出，怎么算都是赚大钱，不大准备破产时的说辞和安身之处。

他们中的一些人通常不喜欢读书这类累人的活，瞟一瞟电视翻翻序跋当然也足够开侃。所以他们的宣言总是丰繁而又混乱，尤其不适宜有些呆气的人来逐字逐句地较真。比如他们好谈弗洛伊德，从他的“里比多”满足原理中来汲取自己偷情的勇气，他们不知道或不愿意知道，正是这一个弗洛伊德强调性欲压抑才能产生心理能量的升华，才得以创造科学和艺术，使人类脱离原始和物质的状态。他们也好谈M·巴特、J·德里达以及后现代主义，用“差延”“解构”“颠覆”等等字眼来威慑文明规范，力求回复人的自然原态。他们不知道或不愿意知道，巴特们的文化分析正是从所谓“自然原态”下刀，其理论基点就是揭示“自然原态”的欺骗性、虚妄性，是一种统治人类太久的神话。一切都是文本，人的一切都免不了文化的浸染。巴特们正是从这一点开始与传统的人本主义和人道主义割席分道，开始了天才的叛逆。用他们来声张“自然原态”或“人之本性”，哪儿跟哪儿？

很有些人，从不曾注意弗洛伊德和巴特的差别，不曾注意尼采和萨特的差别，不曾注意孔子和毛泽东的差别，最大的本领只是注意名人和非名人的差别，时髦与不时髦的差别。他们擅长把一切时髦的术语搜罗起来，一古脑儿地用上。就像一个乡下小镇的姑娘闯进大都市之后，把商店里一切好看的化妆品都抹在自己脸上。这也是一种Pastiche——拼凑，杂拌，瞎搅和，以五颜六色的脸作为时代的标准像。

四

一直有人尝试办专供妇女看的色情杂志，但屡屡失败，顾客廖落。不能说男性的身体天生丑陋不堪入目，也不能说妇女还缺乏足够的勇气冲破礼教——某些西方女子裸泳裸舞裸行都不怕了还怕一本杂志？这都不是原因，至少不是最重要的原因。这个现象只是证明：身体不太被女性看重，没有出版商想像的那种诱惑力。女性对男体来者不拒，常常是男作家在通俗杂志里自我满足的夸张，是一种对女性的训练。

在这一点上，女人与男人很不一样。

有些专家一般性地认为，男性天生地有多恋倾向，而女性天生地有独恋倾向，很多流行小册子都作如是说。多恋使人想到兽类，似乎男人多兽性，常常适合“兽性发作”之类的描述。独恋使人想到多是从一而终的鸟类，似乎女人多鸟性，“小鸟依人”之类的形容就顺理成章。这种看法其实并不真实。女性来自人类进化的统一过程，不是另走捷径直接从天上飞临地面的鸟人。进入工业社会之后，如果让妻子少一点对丈夫的经济依附性，多一点走出家门与更多异性交往的机会，等等，她们也能朝秦暮楚地“小蜜”“小情”起来。

女性与男性的不同，在于她们无论独恋还是多恋，对男人的挑选还是要审慎得多，苛刻得多。大多男人在寻找性对象时重在外表的姿色，尤其猎色过多时最害怕投入感情，对方要死要活卿卿我我的缠绵只会使他们感到多余，琐屑，沉重，累人，吃不消。而大多女人在寻找性对象时重在内质，重在心智，能力，气度和品德——尽管不同文化态度的女人们标准不一，有些人可能会追随时风，采用金钱、权势之类的尺度，但她们总是挑选尺度上的较高值，作为对男人的要求，看重内质与其他女人没有什么两样。俗话说“男子无丑相”，女性多把相貌作为次等的要求，一心要寻求内质优秀的男人来点燃自己的情感。明白此理的男人，在正常情况下的求爱，总是要千方百计表现自己或是勇武，或是高尚，或是学贯中西，或是俏皮话满腹，如此等等，形成精神吸引，才能打动对方的春心。经验每每证明，男子大多无情亦可欲，较为容易亢奋。而女人一般只有在精神之光的抚照下，在爱意浓厚情绪热烈之时，才能出现交合中的性高潮。从这一点来看，男人的性活动可以说是“色欲主导”型，而女人的性活动可以说是“情恋主导”型。

男人重“欲”，嫖娼就不足为怪。女人重“情”，即便养面首也多是情人或准情人——在武则天、叶卡德琳娜一类宫廷“淫妖”的传说中，也总有情意绵绵甚至感天动地的情节，不似红灯区里的交换那么简单。男子的同性恋，多半有肉体关系。而女子的同性恋，多半只有精神的交感。男子的征婚广告，常常会夸示自己的责任感和能力（以存款、学历等等为证），并宣言“酷爱哲学和文学”——他们知道女人需要什么。女子的征婚手段，常常是一张悦目的艳照足矣——她们知道男人需要什么。

这并非说女性都是柏拉图，尤其一些风尘女子作为被金钱或权势毒害的一种特例，这种经济或政治活动可以不在我们讨论范围之内。“主导”也当然不是全部。女子的色欲也能强旺（多在青年以后），不过那种色欲往往是对情恋的确证和庆祝，是情恋的一种物化仪式。在另一方面，男子也不乏情恋（多在中年以前），不过那种情恋往往是色欲的铺垫和余韵，是色欲的某种精神留影。丰繁复杂的文化积存，当然会改写很多人的本性，造成很多异变。一部两性互相渗透互相塑造的长长历史中，男女都可能会演变为对方的作品。两性的冲突有时发生在两性之间，有时也可以发生在一个人身上。

男性文化一直力图把女性塑造得感官化媚女化。女子无才便是德，但三围定要合格，穿戴不可马虎，要秀色可餐妩媚动人甚至有些淫荡——众多电影、小说、广告、妇女商品都在作这种诱导。于是很多女子本不愿意妖媚的，是为了男人才学习妖媚的，搔首弄姿卖弄风情，不免显得有些装模作样。女性文化则一直力图把男性塑得道德化英雄化。坐怀不乱真君子，男儿有泪不轻弹，德才兼备建功立业而且不弃糟糠——众多电影、小说、广告、男性商品都在作这种诱导。于是很多男子本不愿意当英雄的，是为了女人才争做英雄的，他们作深沉态作悲壮态作豪爽态的时候，不免也有些显得装模作样。

装模作样，证明了这种形象的后天性和人为性。只是习惯可成自然，经验可变本能，时间长了，有些人也就真成了英雄或媚女，让我们觉得这个世界还有些意思。

五

道德是弱者用来制约强者的工具。女性相对于男性的体弱状态，决定了性道德的女性性别。在以前，承担道德使命的文化人多少都有一点女性化的文弱，艺术和美都有女神的别名。曹雪芹写《红楼梦》，认为女人是水，男人是污浊的泥。川端康成坚决认为只有三种人才有美：少女，孩子以及垂死的男人——后两者意指男人只有在无性状态下才可能美好。与其说他们代表了东方男权社会的文化反省，勿宁说他们体现了当时弱者的道德战略，在文学中获得了战果。

工业和民主提供了女性在经济、政治、教育等方面的自主地位，就连在军事这种女性从来最难涉足的禁区，女性也开始让人刮目相看——海湾战争后一次次模拟电子对抗战中，心灵手巧的女队也多次战胜男队。这正是女性进一步要求自尊的资本，进一步争取性爱自主、性爱自由的前提。奇怪的是，她们的呼声一开始就被男性借用和改造，最后几乎完全湮灭。旧道德的解除，似乎仅仅只是让女性更加色欲化，更加玩物化，更加要为迎合男性而费尽心机。假胸假臀是为了给男人看的；耍小性子或故意痛恨算术公式以及认错外交部长，是为了成为男人"可爱的小东西"和"小傻瓜"；商业广告教导女人如何更有女人味："让你具有贵妃风采"，"摇动男人心旌的魔水"，"有它在手所向无敌"，如此等等。女性要按流行歌词的指导学会忍受孤寂，接受粗暴，被抛弃后也无悔无怨。"我明明知道你在骗我，也让我享受这短暂的一刻……"有一首歌就是这样为女人编出来的。

相反，英雄主义正在这个时代褪色，忠诚和真理成了过时的笑料，山盟海誓天长地久只不过是电视剧里假惺惺的演出，与卧室里的结局根本不一样。女人除了诅咒几句"男子汉死绝了"之外，对此毫无办法。有些女权主义者不得不愤愤地指责，工业只是使这个社会更加男权中心了，金钱和权利仍然掌握在男人手里，男性话语君临一切，女性心理仍然处于匿名状态，很难进入传媒。就像这个社会穷人是多数，但人们能听到多少穷人的声音？

对这些现象作出价值裁判，不是本文的目的。本文要指出的只是：所谓性解放非但没有缓释性的危机，从某种意义上来说，反倒使危机更加深重，或者说是使本就深重的危机暴露得更加充分。女人在寻找英雄，即便唾弃良家妇女的身分，也未尝不暗想有朝一日扮演红粉知己，但越来越多的物质化男人，充当英雄已力不从心，不免令人失望，最易招致“负心”“禽兽”之类的指责。男人在寻找媚女，但越来越多被文明史哺育出来的精神化女人，不愿接受简单的泄欲，高学历女子更易有视媚为俗的心理逆反，也难免令人烦恼，总是受到“冷感”“寡欲”之类的埋怨。影视剧里越来越多爱呵恋呵的时候，现实生活中的两性反倒越来越难以协调，越来越难以满足异性的期待。

女性的情恋解放在电视剧里，男性的色欲解放在床上。两种性解放的目标错位，交往几天或几周之后，就发现我们全都互相扑空。

M·昆德拉在《生命中不能承受之轻》中表达了一种情欲分离观。男主人公与数不胜数的女人及时行乐，但并不妨碍他对女主人公有着忠实的（只是需要对忠实重新定义）爱情。对于前者，他只是有“珍奇收藏家”的爱好，对于后者，他才能真正地心心相印息息相通。如果女人们能够接受这一点，当然就好了。问题是昆德拉笔下的女主人公不能接受，对此不能不感到痛苦。解放对于多数女性来说，恰恰不是要求情与欲分离，而是要求情与欲的更加统一。她们的反叛，常常是要冲决没有爱情的婚姻和家庭，抗拒某些金钱和权势的合法性强奸，像D·H·劳伦斯笔下的女主人公。她们的反叛也一定心身同步，反叛得特别彻底，不像男子还可以维持肉体的敷衍。她们把解放视为欲对情的追踪，要把性做成抒情诗，而与此同时的众多男人，则把解放视为欲对情的逃离，想把性做成品种繁多的快食品，像速溶咖啡或方便面一样立等可取，几十分钟甚至几分钟就可以把事情搞掂（定）。

性解放运动一开始就这样充满着相互误会。

昆德拉能做出快食的抒情诗或者抒情的快食品么？像其他有些作家一样，他也只能对此沉默不语或含糊其辞，有时靠外加一些政治、偶然灾祸之类的惊险情节，使冲突看似有个过得去的结局，让事情不了了之。

先天不足的解放最容易草草收场。有些劲头十足的叛逆者一旦深入真实，就惶恐不安地发出“我想有个家”之类的悲音，含泪回望他们一度深恶痛绝的旧式婚姻，只要有个避风港可去，不管是否虚伪，是否压抑，是否麻木呆滞也顾不得了。从放纵无忌出发，以苟且凑合告终。如果不这样的话，他们也可以在情感日益稀薄的世纪末踽踽独行，越来越多抱怨，越来越习惯在电视机前拉长着脸，昏昏度日。这些孤独的人群，不交际时感到孤独，交际时感到更孤独，性爱对生活的镇痛效应越来越低。是自己的病越来越重呢？还是药质越来越差呢？他们不知道。他们下班后回到独居的狭小公寓里，常常感到房子就是巨大监狱里的一间单人囚室。

最后，同性恋就是对这种孤独一种畸变的安慰。同性恋是值得同情的，同性恋证明人类是值得同情的。这种现象的增多，只能意味着这个世界爱的盛夏一晃而过，冬天已经来临。

六

在性的问题上，女性为什么多有不同于男性的态度？

原因在于神意？在于染色体的特殊配置？或在于别的什么？也许女人并非天然精神良种。哺育孩子的天职，使她们产生了对家庭、责任心、利他行为的渴求，那么一旦未来的科学使生育转为试管和生物工厂的常规业务之后，女性是否也会断然抛弃爱情这个古老的东西？如果说是社会生存中的弱者状态，使她们自然而然要用爱情来网结自己的安全掩体，那么随着更多女强人夺走社会治权，她们的精神需求是否会逐步减退并且最终把爱情这个累心的活甩给男人们去干？

多少年来，女性隐在历史的暗处，大脑并不长于形而上但心灵特别长于性而上。她们远离政坛商界的严酷战场（在这一点上请感谢男人），得以优闲游赏于自己的情感家园。她们被男性目光改造得妩媚之后（在这一点上请再感谢男人），一心把美貌托付给美德。她们自己常常没有干成太多的大事，但她们用眼风、笑靥、唠叨及体态的线条，滋养了什么都能干的男人。她们创立的“爱情”这门新学科，常常成为千万英雄真正的造就者，成为道义和智慧的源泉，成为一幕幕历史壮剧的匿名导演。她们做的事很简单，不需要政权不需要信用卡也不需要手枪，她们只须把那些内质恶劣的男人排除在自己的选择目光之外，这种淘汰就会驱动性欲力的转化和升华，驱使整个社会克己节欲并且奋发图强，科学和艺术事业得到发展并且多一些情义。她们被男人改造出来以后反过来改造男人自己。她们似乎一直在操作一个极其困难的实验：在诱惑男人的同时又给男人文化去势。诱惑是为了得到对方，去势则是为了永久得到对方——更重要的是，使对方值得自己得到，成为一个在灿烂霞光里凯旋归来的神圣骑士，成为自己的梦想。

梦想是女人最重要的消费品，是对那些文治武功战天斗地出生入死的男人们最为昂贵的定情索礼。

在这里，“女性”这个词已很大程度上与“神性”的词义重叠。在性的问题上，历史似乎让神性更多地向女性汇集，作为对弱者的补偿。因此，女权运动从本质上来说，是心界对物界的征服，精神对肉体的抗争——一切对物欲化人生的拒绝（无论出自男女）都是这场运动的体现。至于它的女性性别，只能说是历史遗留下来的一个不太恰当的标签。它的胜利，也决不仅仅取决于女性的努力，更不取决于某些辞不达意或者“秀（show）”色太浓的女权宣言和女权游行。

七

人在上帝的安排之下，获得了性的快感，获得了对生命的鼓励和乐观启示，获得了两性之间甜蜜的整合。上帝也安排了两性之间不同理想的尖锐冲突，如经纬交织出了人的窘境。上帝不是幸福的免费赞助商。上帝指示了幸福的目标但要求人们为此付出代价，这就是说，电磁场上这些激动得哆哆嗦嗦的小铁屑，为了得到性的美好，还须一次次穿越两相对视之间的漫漫长途。

人既不可能完全神化，也不可能完全兽化，只能在灵肉两极之间巨大的张力中燃烧和舞蹈。“人性趋上”的时风，经常会造就一些事业成功、道德苛严的君子淑女；“人性趋下”的时风，则会播种众多百无聊赖、极欲穷欢的浪子荡妇。他们通常都从两个不同的极端，感受到阳萎、阴冷等等病变，陷入肉体退化和自然力衰竭的苦恼。这些灭种的警报总是成为时风求变的某种生理潜因，显示出文化人改变自然人的大限。

简单地指责女式的性而上或者男式的性而下都是没有意义的，消除它们更是困难——至少几千年的文明史在这方面尚未提供终极的解决，有意义的首先是揭示出有些人对这种现状的盲目和束手无策，少一些无视窘境的欺骗。这是解放的真正起点。

解放者最大的敌人是自己，是特别乐意对自己进行的欺骗——这些欺骗在当代像可口可乐一样廉价和畅销，闪耀着诱人的光芒。

夜行者梦语

□ 韩少功

一

人类常常把一些事情做坏，比如把爱情做成贞节牌坊，把自由做成暴民四起，一谈起社会均富就出现专吃大锅饭的懒汉，一谈起市场竞争就有财迷心窍唯利是图的铜臭。思想的龙种总是在黑压压的人群中一次次收获现实的跳蚤。或者说，我们的现实本来太多跳蚤，却被思想家们一次次说成龙种，让大家听得悦耳和体面。

如果让耶稣遥望中世纪的宗教法庭，如果让爱因斯坦遥望广岛的废墟，如果让弗洛伊德遥望红灯区和三级片，如果让欧文、傅立叶、马克思遥望苏联的古拉格群岛和中国的“文革”，他们大概都会觉得尴尬以及无话可说的。

人类的某些弱点与生俱来，深深根植于我们的肉体，包括脸皮、肠胃、生殖器。即使作最乐观的估计，这种状况也不会因为有所谓后现代潮出现就会得到迅速改观。

二

有一个著名的寓言：两个人喝水，都喝了半杯水，一位说：“我已经喝了半杯。”另一位说：“我还有半杯水没有喝。”他们好像说的是一回事，然而聪明人都可以听出，他们说的是一回事又不是一回事。一个概念，常常含注和载负着各种不同的心绪、欲念、人生经验，如果不细加体味，悲观主义者的半杯水和乐观主义者的半杯水，就常常混为一谈。蹩脚的理论家最常见的错误，就是不懂得哲学差不多不是研究出来的，而是从生命深处涌现出来的。他们不能感悟到概念之外的具象，不能将概念读解成活生生的生命状态，跃然纸页，神会心胸。即使有满房子辞书的佐助，他们也不可能把任何一个概念真正读懂。

说说虚无。虚无是某些现代人时髦的话题之一，宏论虚无的人常被划为一党，被世人攻讦或拥戴。其实，党内有党，至少可以二分。一种是建设性执著后的虚无，是呕心沥血艰难求索后的困惑和茫然；一种是消费性执着后的虚无，是声色犬马花天酒地之后的无聊和厌倦。圣者和流氓都看破了钱财，但前者可能是首先看破了自己的钱财，我的就是大家的；而后者首先看破了别人的钱财，大家的就是我的。圣者和流氓也都可以怀疑爱情。但前者可能从此节欲自重，慎于风月；而后者可能从此纵欲无忌，见女人就上。

尼采说：上帝死了。对于有些人来说，上帝死了，人有了更多的责任。对另外一些人来说，上帝死了，人就不再承担任何责任。我们周围拥挤着的这些无神论者，其实千差万别。

观念总是大大简化了的，表达时有大量信息渗漏，理解时有大量信息潜入，一出一入，观念在运用过程中总是悄悄质变。对于认识丰富复杂的现实来说，观念总是显得有点不堪重用。它无论何其堂皇，从来不可成为价值判断标准，不是人性的质检证书。正因为如此，观念之争除了作为某种智力保健运动，没有太多的意义。道理讲不通也罢，讲通道理不管用也罢，都很正常，我们不妨微笑以待。

三

虚无之外，还有迷惘，绝望，焦虑，没意思，荒诞性，反道德，无深度，熵增加，丧失自我，礼崩乐坏，垮掉的一代，中心解构，过把瘾就死，现在世界上谁怕谁……人们用很多新创的话语来描述上帝死了之后的世界。上帝不是一个，连罗马天主教会最近也不得不训示了这一点。上帝其实是代表一种价值体系，代表摩西十诫及各种宗教中都少不了的道德律令，是人类行为美学的一种民间通俗化版本。上帝的存在，是因为人类这种生物很脆弱，也很懒惰，不愿承担对自己的责任，只好把心灵一股脑交给上帝托管。这样，人在黑夜里的时候，上帝说，要有光，于是便有了光，人就前行得较为安全。

上帝最终死于奥斯维辛集中营。这个时候，一个身陷战俘营的法国教书匠，像他的一些前辈一样，苦苦思索，想给人类再造出一个上帝，这个人就是萨特。萨特想让人对自己的一切负责，把价值立法权从上帝那里夺回来，交给每个人的心灵。指出他与笛卡尔、康德、黑格尔的差别是很容易的，指出他们之间的相同之处更是容易。他们大胆筑构的不管叫理性，叫物自体，还是叫存在，其实还是上帝的同位语和替代品，一种没商量的精神定向，一种绝对信仰。B.J. 蒂利希评价他的存在主义同党时说："存在的勇气最终源于高于上帝的上帝……"他是这样的上帝，一旦他在怀疑的焦虑中消失，他就显现。"

尼采也并没有摆脱上帝的幽灵。他的名言之一是："人为自己的不道德行为羞愧，这是第一阶段，待到终点，他也要为自己的道德行为羞愧。"问题在于，那时候为什么还要羞愧？根据什么羞愧？是什么在冥冥上天决定了这种羞而且愧？

人类似乎不能没有依恃，不能没有寄托。上帝之光熄灭之后，萨特们这支口哨吹出来的小曲子，也能凑合着来给夜行者壮壮胆子。

四

一个古老的传说是，人是半神半兽的生灵，每个人的心中都活着一个上帝。

人在谋杀上帝的同时，也就悄悄开始了对自己的谋杀。非神化的胜利，直接通向了非人化的快车道。这是“人本论”严肃学者们大概始料未及的讽刺性结果。

二十世纪的科学，从生物学到宇宙论，进一步显示出人是宇宙中心这一观念，和神是宇宙中心的观念一样，同样荒唐可笑。人类充其量只是自然界一时冲动的结果，没有至尊的特权。一切道德和审美的等级制度都被证明出假定性和暂时性，是几个书生强加于人的世界模式，随便来几句刻薄或穷究，就可以将其拆解得一塌糊涂——逻辑对信仰无往不胜。到解构主义的时候，人本的概念干脆已换成了文本，人无处可寻，人之本原已成虚妄，世界不过是一大堆一大堆文本，充满着伪装，是可以无限破译的代码和能指，破译到最后，洋葱皮一层层剥完了，也没有终极和底层的东西。万事皆空，不余欺也。解构主义的刀斧手们，最终消灭了人的神圣感，一切都被允许，好就是坏，坏就是好。达达画派的口号一次次被重提：“怎样都行。”

圣徒和流氓，怎样都行。

惟一不行的，就是反对怎样都行之行。在这一方面，后现代逆子常常表现出一些怒气冲冲的争辩癖。

真理的末日和节日就这样终于来到了。这一天，阳光明媚，人潮拥挤，大街上到处流淌着可口可乐的气味和电子音乐，人们不再为上帝而活着，不再为国家而活着，不再为山川和邻居而活着，不再为古人和子孙而活着，不再为任何意义任何法则而活着。萨特们的世界已经够破碎了，然而像一面破镜，还能依稀将焦灼成像。而当今的世界则像超级商场里影像各异色彩纷呈的一大片电视墙，让人目不暇接，脑无暇思，什么也看不太清，一切都被愉悦地洗成空白。这当然也没什么，大脑既然是个欺骗我们已久的赘物和祸根，消灭思想便成为时尚，让我们万众一心跟着感觉走，这样，肠胃是更重要的器官，生殖器是更重要的器官。罗兰·巴特干脆用“身体”一词来取代“自我”。人就是身体，人不过就是身体。“身体”一词意味着人与上帝的彻底决裂，物人与心人的彻底决裂，意味着人对动物性生存的向往与认同——你别把我当人。

这一天，叫作“后现代”。

“后现代”正在生物技术领域中同步推进着。鱼与植物的基因混合，细菌吃起了石油，猪肾植入了人体，混有动物基因或植物基因的半人，如男猪人或女橡人，可望不久面世，正在威胁着天主教义和联合国人权宣言。到那时候，你还能把我当人？

五

欧洲是一片人文昌荣、物产丰饶的大陆。它的盛世不仅归因于科学与工业革命，还得助于民主传统，也离不开几个世纪之内广阔殖民地的输血——源源不断的黄金、钻石、石油、黑奴。这样的机遇真是千载难逢。与中国不同的是，欧洲的现代精神危机不是产生于贫穷，而是产生于富庶。叔本华、尼采、萨特，差不多都是一些衣食不愁的上流或中流富家公子。他们少年成长的背景不是北大荒和老井，而是巴洛克式的浮华和维多利亚时代的锦衣玉食，是优雅而造作的礼仪，严密而冷酷的法律，强大而粗暴的机器，精深而繁琐的知识。这些心性敏感的学人，就是在这种背景下开始了追求精神自由的造反，宣示种种盛世危言。

他们的宣示在中国激起回声，只是大多被人们用政治、农业文明的生存经验——而不是用金钱、工业文明的生存经验——来悄悄给予译解。同样是批判，他们不言自明的对象是资本社会之伪善，而中国同志们不言自明的对象很可能是忠字舞。他们对金钱的失望，在中国通常用来表示对没有金钱的失望。一些中国学子夹着一两本哲学，积极争当“现代派”，从某种意义上来说，差不多就是穷人想有点富人的忧愁，要发点富人脾气，差不多就是把富人的减肥药，当成了穷人的救命粮。

个人从政治压迫下解放出来，最容易投入金钱的怀抱。中国的萨特发烧友们玩过哲学和诗歌以后，最容易成为狠宰客户的生意人，成为卡拉 OK 的常客和豪华别墅的新住户。他们向往资产阶级的急迫劲头，让他们的西方同道略略有些诧异。而个人从金钱的压迫下解放出来，最容易奔赴政治的幻境，于是海德格尔赞赏纳粹，萨特参加共产党，陀斯妥耶夫斯基支持王权，让他们的一些中国同道们觉得特傻冒。这样看来，西方人也可能把穷人的救命粮，当成富人的减肥药。

当然，穷人的批判并不比富人的批判低档次，不一定要学会了发富人的脾气，才算正统，才可高价，才不叫伪什么派。在生存这个永恒的命题面前，穷人当然可以与富人谈心，可以与富人交上朋友，可以当上富人的老师。只是谈话的时候，首先要听懂对方说的是什么，也必须知道，自己是很难完全变成对方的。

六

请设想一下这种情况，设想一个人只面对自己，独处幽室，或独处荒原，或独处无比寂冷的月球。他需要意义和法则吗？他可以想吃就吃，想拉就拉，崇高和下流都没有对象，连语言也是多余，思索历史更是荒唐。他随心所欲无限自由，一切皆被允许，怎样做——包括自杀——也没有什么严重后果。这种绝对个人的状态，无疑是反语言反历史反文化反知识反权威反严肃反道德反理性的状态，一句话，不累人的状态。描述这种状态的成套词语，我们在后现代哲学那里似曾相识耳熟能详。

但只要有第二个人出现，比如鲁滨逊身边出现了星期五，事情就不一样了。累人的文明几乎就会随着第二个人的出现而产生。鲁滨逊必须与星期五说话，这就需要约定词义和逻辑。鲁滨逊不能随便给星期五一耳光，这就需要约定道德和法律。鲁滨逊如若要让星期五接受自己的指导（比如分工和讲点卫生），这就需要建立权威和组织……于是，即便在这个最小最小的社会里，只要他们还想现实地生存下去，就不可能做到“怎样都行”了。

暂时设定这种秩序的，不是上帝，是生存的需要，是肉体。在一切上帝都消灭之后，肉体最终呈现出上帝的面目，如期地没收了自己的狂欢，成了自己的敌人。当罗兰·巴特用“身体”取代“自我”时，卡勒尔先生已敏感到这一先兆，他认为这永远产生着一种神话化的可能，自然的神话行将复辟。

可以看出，后现代哲学是属于幽室、荒原、月球的哲学，是独处者的哲学，不是社会哲学；是幻想者的哲学，不是行动哲学。

物化的消费社会使我们越来越容易成为独处的幻想者，人际关系冷淡而脆弱，即便在人海中，也不常惦记周围的星期五。电视机，防盗门，离婚率，信息过量，移民社会，认钱不认人……对于我们来说，个人越来越是更可靠的世界。一个个商业广告暗示我们不要亏待自己，一个个政治家暗示你的利益正被他优先考虑。正如我们曾经在忠字舞的海洋中，接受过个人分文不值的信条，现在，我们也及时接受着个人至高无上的时代风尚，每个人都是自己最大的明星，都被他人爱得不够。

七

时旷日久的文化空白化和恶质化，产生了这样一代人：没读多少书，最能记起来的是政治游行以及语录歌，多少有点不良纪录，当然也没有吃过太多苦头，比如当右派或参加战争。他们被神圣的口号戏弄以后谁也不来负责，身后一无所有。权力炙手可热的时候他们远离权力，苦难可赚荣耀的时候他们掏不出苦难，知识受到尊重的时候他们只能怏怏沉默。他们没有任何教条，生存经验自产自销，看人看事决不迂阔一眼就见血。他们是文化的弃儿，因此也必然是文化的逆子——他们别无选择。

这一些人是后现代思潮的天然沃土。他们几乎不需要西方学人们来播种，就野生出遍地的冷嘲和粗痞话。

其实也是一种文化，虽然没有列于文化谱系，也未经培植，但天然品质正是它的活力所在。它是思想统治崩溃的必然果实。反过来，它的破坏性，成为一剂清泻各种伪道学的毒药。

“后现代”将会留下诗人——包括诗人型的画家、作家、歌手、批评家等等。真正的诗情是藐视法则的，直接从生命中分泌出来。诗人一般都具有疯魔的特性，一次次让性情的烈焰，冲破理法的层岩喷薄而出。他们觉得自己还疯魔得不够时，常常让酒和梦来帮忙。而后现代思潮是新一代的仿酒和仿梦制品，是高效制幻剂，可以把人们引入丰富奇妙的生命景观。它恢复了人们的个人方位，展开了感觉的天地，虽然它有时可能失于混沌无序，但潜藏在作品中的革命性、独创精神和想像力的解放显而易见，连它的旁观者和反对者也总是从中受益。

“后现代”将会留下流氓，对于有心使坏的人来说，“怎样都行”当然是最合胃口的理论执照。这将大大鼓舞一些人，以直率来命名粗暴，以超脱来命名懒惰，以幽默来命名欺骗，以法无定法来命名无恶不作，或者干脆以小人自居，也没有什么不可以。如果说，在社会管制严密的情况下，人人慎行，后现代主义只能多产于学院，成为一种心智游戏；那么在管制松懈之地，这种主义便更多流行于市井，成为一种物身的操作。这当然很不一样。前者像梦中杀人，像战争片，能提供刺激、乐趣、激动人心，而后者则如同向影剧院真扔上一颗炸弹——你受得了？因此，对后现代主义配置的社会条件不够，就必有流氓的结果。

诗人总是被公众冷淡，流氓将会被社会惩治。最后，当学院型和市井型的叛逆都受到某种遏制，很多后现代人可能会与环境妥协，回归成社会主流人物，给官员送礼，与商人碰杯，在教授的指导下攻读学位，要儿女守规矩。至于主义，只不过是今后的精神晚礼服之一，偶尔穿上出入某种沙龙，属于业余爱好。他们既然不承认任何主义，也就无所谓对主义的背叛，没有许诺任何责任。最虚无的态度，总是特别容易与最实用的态度联营。事实上，在具体的人那里，后现代主义通常是短暂现象，它对主流社会的对抗，一直被忧心忡忡的正人君子估计过高。

在另一方面，权势者对这些人的压制，也往往被人们估计过高。时代不同了，众多权势者都深谙实用的好处，青春期或多或少的信念，早已日渐稀薄，对信仰最虚无的态度其实在他们内心中深深隐藏。只要是争利的需要，他们可与任何人亲和与勾结，包括接纳各种晚礼服。不同之处在于，主义不是他们的晚礼服，而是他们某种每日必戴的精神假面。他们是后现代主义在朝中或市中的潜在盟友。

这是“后现代”最脆弱之点，最喜剧化的归宿。

从某种意义上来说，后现代主义是现代主义的分解和破碎，是现代主义猛烈燃烧的尾声，它对金灿灿社会主流的批判性，正在被妥协性和认同倾向所悄悄质变。它挑剔和逃避了任何主义的缺陷，也就有了最大的缺陷——自己成不了什么主义，不能激发人们对真理的热情和坚定，一开始就隐伏了世俗化的前景，玩过了就扔的前景。它充其量只是前主义的躁动和后主义的沮丧，是夜行者短时的梦影。

八

如果“后现代”又被我们做坏，那也是没法子的事。

夜天茫茫，梦不可能永远做下去。我睁开了眼睛。我宁愿眼前一片寂黑，也不愿意当梦游者。何况，光明还是有的。上帝说，要有光。

病隙碎笔（节选）

□ 史铁生

一

所谓命运，就是说，这一出“人间戏剧”需要各种各样的角色，你只能是其中之一，不可以随意调换。

写过剧本的人知道，要让一出戏剧吸引人，必要有矛盾，有人物间的冲突。矛盾和冲突的前提，是人物的性格、境遇各异，乃至天壤之异。上帝深谙此理，所以“人间戏剧”精彩纷呈。

写剧本的时候明白，之后常常糊涂，常会说：“我怎么这么倒霉！”其实谁也有“我怎么这么走运”的时候，只是这样的时候不嫌多，所以也忘得快。但是，若非“我怎么这么”和“我怎么那么”，我就是我了吗？我就是我。我是一种限制。比如我现在要去法国看“世界杯”，一般来说是坐飞机去，但那架飞机上天之后要是忽然不听话，发动机或起落架谋反，我也没办法再跳上另一架飞机了，一切只好看命运的安排，看那一幕戏剧中有没有飞机坠毁的情节，有的话，多么美妙的足球也只好由别人去看。

二

把身体比作一架飞机，要是两条腿（起落架）和两个肾（发动机）一起失灵，这故障不能算小，料必机长就会走出来，请大家留些遗言。

躺在“透析室”的病床上，看鲜红的血在“透析器”里汩汩地走——从我的身体里出来，再回到我的身体里去，那时，我常仿佛听见飞机在天上挣扎的声音，猜想上帝的剧本里这一幕是如何编排。

有时候我设想我的墓志铭，并不是说我多么喜欢那路东西，只是想，如果要的话最好要什么？要的话，最好由我自己来选择。我看好《再别康桥》中的一句：我轻轻地走，正如我轻轻地来。在徐志摩先生，那未必是指生死，但在我看来，那真是最好的对生死的态度，最恰当不过，用作墓志铭再好也没有。我轻轻地走，正如我轻轻地来，扫尽尘嚣。

但既然这样，又何必弄一块石头来作证？还是什么都不要吧，墓地、墓碑、花圈、挽联以及各种方式的追悼，什么都不要才好，让寂静，甚至让遗忘，去读那诗句。我希望“机长”走到我面前时，我能镇静地把这样的遗言交给他。但也可能并不如愿，也可能“筛糠”。就算“筛糠”吧，讲好的遗言也不要再变。

三

有一回记者问到我的职业，我说是生病，业余写一点东西。这不是调侃，我这四十八年大约有一半时间用于生病，此病未去彼病又来，成群结队好像都相中我这身体是一处乐园。或许“铁生”二字暗合了某种意思，至今竟也不死。但按照某种说法，这样的不死其实是惩罚，原因是前世必没有太好的记录。我有时想过，可否据此也去做一回演讲，把今生的惩罚与前生的恶迹一样样对照着摆给——比如说，正在腐败着的官吏们去作警告？但想想也就作罢，料必他们也是无动于衷。

四

生病也是生活体验之一种，甚或算得一项别开生面的游历。这游历当然是有风险，但去大河上漂流就安全吗？不同的是，漂流可以事先做些准备，生病通常猝不及防；漂流是自觉的勇猛，生病是被迫的抵抗；漂流，成败都有一份光荣，生病却始终不便夸耀。不过，但凡游历总有酬报：异地他乡增长见识，名山大川陶冶性情，激流险阻锤炼意志，生病的经验是一步步懂得满足。发烧了，才知道不发烧的日子多么清爽。咳嗽了，才体会不咳嗽的嗓子多么安详。刚坐上轮椅时，我老想，不能直立行走岂非把人的特点搞丢了？便觉天昏地暗。等到又生出褥疮，一连数日只能歪七扭八地躺着，才看见端坐的日子其实多么晴朗。后来又患“尿毒症”，经常昏昏然不能思想，就更加怀恋起往日时光。终于醒悟：其实每时每刻我们都是幸运的，因为任何灾难的前面都可能再加一个“更”字。

五

坐上轮椅那年，大夫们总担心我的视神经会不会也随之作乱，隔三岔五推我去眼科检查，并不声张，事后才告诉我已经逃过了怎样的凶险。人有一种坏习惯，记得住倒霉，记不住走运，这实在有失厚道，是对神明的不公。那次摆脱了眼科的纠缠，常让我想想后怕，不由得瞑揖默谢。

不过，当有人劝我去佛堂烧炷高香，求佛不断送来好运，或许能还给我各项健康时，我总犹豫。不是不愿去朝拜（更不是不愿意忽然站起来），佛法博大精深，但我确实不认为满腹功利是对佛法的尊敬。便去烧香，也不该有那样的要求，不该以为命运欠了你什么。莫非是佛一时疏忽错有安排，倒要你这凡夫俗子去提醒一二？唯当去求一份智慧，以醒贪迷。为求实惠去烧香磕头念颂词，总让人摆脱不掉阿谀、行贿的感觉。就算是求人办事吧，也最好不是这样的逻辑。实在碰上贪官非送财礼不可，也是鬼鬼祟祟的才对，怎么竟敢大张旗鼓去佛门徇私舞弊？佛门清静，凭一肚子委屈和一叠账单还算什么朝拜？

六

约伯的信心是真正的信心。约伯的信心前面没有福乐作引诱，有的倒是接连不断的苦难。不断的苦难曾使约伯的信心动摇，他质问上帝：作为一个虔诚的信者，他为什么要遭受如此深重的苦难？但上帝仍然没有给他福乐的许诺，而是谴责约伯和他的朋友不懂得苦难的意义。上帝把他伟大的创造指给约伯看，意思是说：这就是你要接受的全部，威力无比的现实，这就是你不能从中单单拿掉苦难的整个世界！约伯于是醒悟。

不断的苦难才是不断地需要信心的原因，这是信心的原则，不可稍有更动。倘其预设下丝毫福乐，信心便容易蜕变为谋略，终难免与行贿同流。甚至光荣，也可能腐蚀信心。在没有光荣的路上，信心可要放弃么？以苦难去作福乐的投资，或以圣洁赢取尘世的荣耀，都不是上帝对约伯的期待。

七

曾让科学大伤脑筋的问题之一是：宇宙何以能够满足如此苛刻的条件——阳光、土壤、水、大气层，以及各种元素恰到好处的比例，以及地球与其他星球妙不可言的距离——使生命孕育，使人类诞生？

若一味地把人和宇宙分而观之，人是人，宇宙是宇宙，这脑筋就怕要永远伤下去。天人合一，科学也渐渐醒悟到人是宇宙的一部分，这样，问题似乎并不难解：任何部分之于整体，或整体之于部分，都必定密切吻合。譬如一只花瓶，不小心摔下几块碎片，碎片的边缘尽管参差诡异，拿来补在花瓶上也肯定严丝合缝。而要想复制同样的碎片或同样的缺口，比登天还难。

八、

世界是一个整体，人是它的一部分，整体岂能为了部分而改变其整体意图？这大约就是上帝不能有求必应的原因。这也就是人类以及个人永远的困境。每个角色都是戏剧的一部分，单捉出一个来宠爱，就怕整出戏剧都不好看。

上帝能否插手人间？一种意见说能，整个世界都是他创造的呀。另一种意见说不能，他并没有体察人间的疾苦而把世界重新裁剪得更好。从后一种理由看，他确是不能。但是，从他坚持整体意图的不可改变这一点想，他岂不又是能吗？对于向他讨要好运的人来说，他未必能。但是，就约伯的醒悟而言，他岂不又是能吗？

轻轻地走与轻轻地来

□ 史铁生

现在我常有这样的感觉：死神就坐在门外的过道里，坐在幽暗处，凡人看不到的地方，一夜一夜耐心地等我。不知什么时候它就会站起来，对我说：嘿，走吧。我想那必是不由分说。但不管是什么时候，我想我大概仍会觉得有些仓促，但不会犹豫，不会拖延。

"轻轻地我走了，正如我轻轻地来"——我说过，徐志摩这句诗未必牵涉生死，但在我看，却是对生死最恰当的态度，作为墓志铭真是再好也没有。

死，从来不是一次性完成的。陈村有一回对我说：人是一点一点死去的，先是这儿，再是那儿，一步一步终于完成。他说得很平静，我漫不经心地附和，我们都已经活得不那么在意死了。

这就是说，我正在轻轻地走，灵魂正在离开这个残损不堪的躯壳，一步步告别着这个世界。这样的时候，不知别人会怎样想，我则尤其想起轻轻地来的神秘。比如想起清晨、晌午和傍晚变幻的阳光，想起一方蓝天，一个安静的小院，一团扑面而来的柔和的风，风中仿佛从来就有母亲和奶奶轻声的呼唤……不知道别人是否也会像我一样，由衷地惊讶：往日呢？往日的一切都到哪儿去了？

生命的开端最是玄妙，完全的无中生有。好没影儿的忽然你就进入了一种情况，一种情况引出另一种情况，顺理成章天衣无缝，一来二去便连接出一个现实世界。真的很像电影，虚无的银幕上，比如说忽然就有了一个蹲在草丛里玩耍的孩子，太阳照耀他，照耀着远山、近树和草丛中的一条小路。然后孩子玩腻了，沿小路蹒跚地往回走，于是又引出小路尽头的一座房子，门前正在张望他的母亲，埋头于烟斗或报纸的父亲，引出一个家，随后引出一个世界。孩子只是跟随这一系列情况走，有些一闪即逝，有些便成为不可更改的历史，以及不可更改的历史的原因。这样，终于有一天孩子会想起开端的玄妙：无缘无故，正如先哲所言——人是被抛到这个世界上来的。

其实，说“好没影儿的忽然你就进入了一种情况”和“人是被抛到这个世界上来的”，这两句话都有毛病，在“进入情况”之前并没有你，在“被抛到这世界上来”之前也无所谓人。——不过这应该是哲学家的题目。

对我而言，开端，是北京的一个普通四合院。我站在炕上，扶着窗台，透过玻璃看它。屋里有些昏暗，窗外阳光明媚。近处是一排绿油油的榆树矮墙，越过榆树矮墙远处有两棵大枣树，枣树枯黑的枝条镶嵌进蓝天，枣树下是四周静静的窗廊。——与世界最初的相见就是这样，简单，但印象深刻。复杂的世界尚在远方，或者，它就蹲在那安恬的时间四周窃笑，看一个幼稚的生命慢慢睁开眼睛，萌生着欲望。

奶奶和母亲都说过：你就出生在那儿。

其实是出生在离那儿不远的一家医院。生我的时候天降大雪。一天一宿罕见的大雪，路都埋了，奶奶抱着为我准备的铺盖蹚着雪走到医院，走到产房的窗檐下，在那儿站了半宿，天快亮时才听见我轻轻地来了。母亲稍后才看见我来了。奶奶说，母亲为生了那么个丑东西伤心了好久，那时候母亲年轻又漂亮。这件事母亲后来闭口不谈，只说我来的时候“一层黑皮包着骨头”，她这样说的时候已经流露着欣慰，看我渐渐长得像回事了。但这一切都是真的吗？

我蹒跚地走出屋门，走进院子，一个真实的世界才开始提供凭证。太阳晒热的花草的气味，太阳晒热的砖石的气味，阳光在风中舞蹈、流动。青砖铺成的十字甬道连接起四面的房屋，把院子隔成四块均等的土地，两块上面各有一棵枣树，另两块种满了西番莲。西番莲顾自开着硕大的花朵，蜜蜂在层叠的花瓣中间钻进钻出，嗡嗡地开采。蝴蝶悠闲飘逸，飞来飞去，悄无声息仿佛幻影。枣树下落满移动的树影，落满细碎的枣花。青黄的枣花像一层粉，覆盖着地上的青苔，很滑，踩上去要小心。天上，或者是云彩里，有些声音，有些缥缈不知所在的声音——风声？铃声？还是歌声？说不清，很久我都不知道那到底是什么声音，但我一走到那块蓝天下面就听见了他，甚至在襁褓中就已经听见他了。那声音清朗，欢欣，悠悠扬扬不紧不慢，仿佛是生命固有的召唤，执意要你去注意他，去寻找他、看望他，甚或去投奔他。

我迈过高高的门槛，艰难地走出院门，眼前是一条安静的小街，细长、规整，两三个陌生的身影走过，走向东边的朝阳，走进西边的落日。东边和西边都不知通向哪里，都不知连接着什么，唯那美妙的声音不惊不懈，如风如流……

我永远都看见那条小街，看见一个孩子站在门前的台阶上眺望。朝阳或是落日弄花了他的眼睛，浮起一群黑色的斑点，他闭上眼睛，有点儿怕，不知所措，很久，再睁开眼睛，啊好了，世界又是一片光明……有两个黑衣的僧人在沿街的房檐下悄然走过……几只蜻蜓平稳地盘桓，翅膀上闪动着光芒……鸽哨声时隐时现，平缓，悠长，渐渐地近了，扑噜噜飞过头顶，又渐渐远了，在天边像一团飞舞的纸屑……这是件奇怪的事，我既看见我的眺望，又看见我在眺望。

那些情景如今都到哪儿去了？那时刻，那孩子，那样的心情，惊奇和痴迷的目光，一切往日情景，都到哪儿去了？它们飘进了宇宙，是呀，飘去五十年了。但这是不是说，它们只不过飘离了此时此地，其实它们依然存在？

梦是什么？回忆，是怎么一回事？

倘若在五十光年之外有一架倍数足够大的望远镜，有一个观察点，料必那些情景便依然如故，那条小街，小街上空的鸽群，两个无名的僧人，蜻蜓翅膀上的闪光和那个痴迷的孩子，还有天空中美妙的声音，便一如既往。如果那望远镜以光的速度继续跟随，那个孩子便永远都站在那条小街上，痴迷地眺望。要是那望远镜停下来，停在五十光年之外的某个地方，我的一生就会依次重现，五十年的历史便将从头上演。

真是神奇。很可能，生和死都不过取决于观察，取决于观察的远与近。比如，当一颗距离我们数十万光年的星星实际早已熄灭，它却正在我们的视野里度着它的青年时光。

时间限制了我们，习惯限制了我们，谣言般的舆论让我们陷于实际，让我们在白昼的魔法中闭目塞听不敢妄为。白昼是一种魔法，一种符咒，让僵死的规则畅行无阻，让实际消磨掉神奇。所有的人都在白昼的魔法之下扮演着紧张、呆板的角色，一切言谈举止一切思绪与梦想，都仿佛被预设的程序所圈定。

因而我盼望夜晚，盼望黑夜，盼望寂静中自由的到来。

甚至盼望站到死中，去看生。

我的躯体早已被固定在床上，固定在轮椅中，但我的心魂常在黑夜出行，脱离开残废的躯壳，脱离白昼的魔法，脱离实际，在尘嚣稍息的夜的世界里游逛，听所有的梦者诉说，看所有放弃了尘世角色的游魂在夜的天空和旷野中揭开另一种戏剧。风，四处游走，串联起夜的消息，从沉睡的窗口到沉睡的窗口，去探望被白昼忽略了的心情。另一种世界，蓬蓬勃勃，夜的声音无比辽阔。是呀，那才是写作啊。至于文学，我说过我跟它好像不大沾边儿，我一心向往的只是这自由的夜行，去到一切心魂的由衷的所在。

八十自省

□萧　乾

一晃儿竟然成为一个八旬老人了，连自己都觉得难以相信。现在再下农场或干校去干活，估计肩不再能挑，锄头也抡不动了。可是精神上，我并没有老迈感。上楼梯我不喜欢别人搀扶，早晨闹钟一响，我还是腾地就爬了起来。听力视力都未大衰退，脑子似乎和以前一样清楚：对身边和身外的一切随时随地都有反应；忽而缅怀如烟的往事，忽而冥想着未来。我有位老堂姐，她60多岁就糊涂了，耳不再聪，眼不再明。我老是怕自己也会变得痴呆。谢天谢地，我还这么清醒着，但愿能清醒到最后一刻。

读外国文学时，我常留意他们对生命所做的比喻。有的比作浮在水上的一簇泡沫，有的比作从含苞到败谢的花。我大概还是受了“夫天地者万物之逆旅”的影响，总把生命看作一次旅行。有的旅客走的是平坦大道，有的则大路坎坷不平。回首这80年我所走过的路：童年和中年吃尽了苦头，然而青年和晚年，却还顺当。晚景更为重要，因为这时期胳膊腿都不灵了，受苦的本事差了。我庆幸自己能有一个安定舒适的晚年。现在回顾这段旅程，认识到我算不上是胜利者，然而我很幸运。

70年代末，老友巴金曾写信要我学得深沉些。另一老友则送了我8个大字：居安思危，乐不忘忧。我觉得这10年是变得深沉了些，也踏实了些。历尽沧桑后，懂得了人的际遇随时可以起骤变。在阶级社会里，座上宾和阶下囚随时可以颠倒过来。因而一方面对事物不轻率发表意见（有时甚至在家务琐事上，洁若都嫌我吞吞吐吐，模棱两可），但另一方面，自己也不会为一时享受的殊荣而得意忘形。

这10年，生活水平是大大提高了。也许离死亡更近了，对有些——尤其物质方面，我看得淡了。春间龙应台女士来访，见到我的洗澡间，事后告诉朋友，说她在北京期间最难过的那一件事是我不得不住在这样的条件下度晚年。她走前又来告别，我便向她解释说，我目前的生活水平在知识分子中间是中等偏上的。领导曾再三表示要进一步为我提高，但我不想让自己的生活水平脱离国情。有些人尽量住得宽是为了留给子女和孙辈。至于我的子女，在他们幼小时，我尽到了心。长大了，他们应自己闯去。我是一个人闯出来的。

我一生在爱情方面，经历也是曲折的。18 岁在汕头教书时爱上一位大眼睛的潮州姑娘。当时她和我一样赤贫。我们并肩坐在山坡上，望着进出海港的远洋轮，做过一道去南洋漂泊的梦。这姻缘终于被曾经资助过她上学的一位大老财破坏了。

29 岁上，我又在九龙遇上一位女钢琴家，一见钟情。当时，我已同“小树叶”在一起了。斩不断，理还乱，我只好只身赴欧洲了事。1944 年巴黎解放后，我才晓得“小树叶”和女钢琴家均已各自同旁人结婚，并有了娃娃。我跌入感情的真空。1946 年又在江湾筑起一个小而舒适的家。然而这个家很快就被一个歹人拆散了。那是我中年所遭受的一次最沉重的打击。

在这方面，我总归是幸运的，因为我最后找到了洁若——我的索尔维格。结缡 3 年，我就背上了右派黑锅。倘若她那时舍我而去，也是人情之常，无可厚非。但是她“反了常”，使得我在凌辱之下有了继续活下去的勇气。我在《终身大事》那 10 篇小文中，曾总结过自己的恋爱观。我觉得在政治斗争中，更可炼出真情。共福共荣容易，共患难共屈辱方可见到人与人之间感情的可贵。

有人以为 1957 年我被迫放下笔杆，发配到农场，赤着足在田里插秧拔草的期间，一定苦不堪言。其实，我大部分时间还是笑嘻嘻地活过来的。要了解人生，不能老待在上层，处处占着上风。作为采访人生的记者，酸甜苦辣都应尝尝。住在“门洞”的那 6 年，每晨我都得去排胡同里的公厕，风雨无阻。那些年月，我并未怀念抽水马桶的清洁便当。那公厕是一溜儿 5 个茅坑。我的左右不是蹬三轮的，看自行车的，就是瓦匠木工，还有北京飞机场的一位机械工。蹲在那儿听他们聊起来可热闹啦，有家长里短，有工作上的苦恼，有时也对“文革”发发议论——其中有些还十分精辟。周作人译过日本江户时代作家式亭三马的代表作《浮世澡堂》、《浮世理发馆》，作者通过出入于江户（东京旧称）一家澡堂和一座理发馆的男男女女的对话，反映了世态；我呢，那几年是把上公厕当作了一种社会考察的场地。

年轻时，有些朋友认为只有从军才能救国，于是投了黄埔。我老早就知道自己不是个军人材料。在辅仁大学读书时，每逢参加军训，我站队总也站不齐，开步走时，常分不清左右。1932 年，一位西班牙朋友从《辅仁杂志》上看到我英译的《王昭君》，就和我通上信，后来他提议同我搞点商业。他寄给我一批刮脸刀，要我给他寄去几副宫灯。他那里赚了钱，可我的刀片却统统送掉了。我知道自己也不是经商的材料。1934 年傅作义将军听说我是蒙族，又有体验草原生活的愿望，就邀我去内蒙当个小官，而且当官之前还得先加入国民党。这下可把我吓坏了，就赶紧进了无党派的《大公报》。同样，1947 年南京的中央政府通过《大公报》胡霖社长邀我去伦敦，接替叶公超任文化专员，我也是死命不干。幸好，胡老板那时也不肯放。

在色彩当中，我更喜欢素淡，讨厌大红大绿。在政治运动中，我倾向于站得远一些。我诅咒“文革”，不仅由于他们打砸抢杀，我也厌恶他们用的语言。对不顺眼的，动不动就“炮轰”“油煎”“千刀万剐”，以拥护的，一个“万岁”还不够，要喊“万万万岁”。我一直想从文字及逻辑上分析一下所谓“文革语言”。然而革命家要的就是旗帜鲜明。我能理解革命小将那时的激情。1925 年北平学生抗议英国巡捕在上海南京路上枪杀中国工人和学生时，我何尝不也那么激烈过。可是经过这几十年对人世的体验，我对人对事宁愿冷静地分析，而不喜贸然下结论。像这样强调冷静客观，注定了我不是个革命家的材料。

就是在文学上，我对自己的才具也还有点自知之明。30 年代一直想写写长篇。1938 年《梦之谷》脱稿之后，我就发誓不再写长篇了。我自知在一块小天地里还能用心经营，即驾驭不了大场面。但我总尽力把自己的职业文字写好。我高兴 1935 年踏访鲁西水灾时写的《流民图》至今犹有人看，有的还被选入教科书。

15 年间（1935—1950 年）在《大公报》上发表的大量通讯特写，尽管不少是在鸡毛小店的油灯下或大军行进中赶出来的，但我都灌注了自己的心血。

我最引以自豪的，就是自从走上创作道路，我就彻底否定了自己有什么天才，懂得一切都只能靠呕心沥血，凭着孜孜不倦的努力。

常有人用假定的语气问我：平时有什么可悔恨的。我这人太讲实际，一向认为悔恨是一种徒然的——甚至是没出息的情绪。人生就是在白纸上写黑字。若用铅笔写，还可以擦掉，然而不可能老用铅笔写，而且那样的人生也太乏味了。总有些场合非用毛笔写不可。一经写下，就再也擦不掉，拙劣地糊上一层纸，痕迹也依然留在那里。有些人喜欢往上糊纸，左一层右一层地糊。我不。因此，我对于一生在十字路口上所做的选择，从不反悔。

青少年时，我也有过“大同世界”的理想，仿佛一旦把地球上一切反动阶级、反动势力都打倒之后，一个人人丰衣足食、个个自由平等的乌托邦就将出现在地平线上。从此，地球就变成了乐园。那时也曾以为地球尽头有像佛教的极乐世界那样一座乐园。那里再也没有剥削与压迫，煎熬与流血；人人都无忧无虑，自由平等。

人到老年，幻梦少了，理想主义的色彩淡了。然而我仍坚决相信这个世界总的趋向是会前进，不会倒退。它前进的路程是曲折的，有时或局部上还会倒退。但整个人类历史向我们表明，社会总是从不合理走向合理，从少数独裁走向多数的民主。凡迫使世界倒退的，终必一败涂地。

我就是靠这一信念活下来的。

遵从生命

□ 冯骥才

一位记者问我："你怎样分配写作和作画的时间？"

我说，我从来不分配，只听命于生命的需要，或者说遵从生命。他不明白，我告诉他：写作时，我被文字淹没。一切想像中的形象和画面，还有情感乃至最细微的感觉，都必须"翻译"成文字符号，都必须寻觅到最恰如其分的文字代号，文字好比一种代用数码。我的脑袋便成了一本厚厚又沉重的字典。渐渐感到，语言不是一种沟通的工具，而是交流的隔膜与障碍——一旦把脑袋里的想像与心中的感受化为文字，就很难通过这些文字找到最初那种形象的鲜活状态。同时，我还会被自己组织起来的情节、故事、人物的纠葛，牢牢困住，就像陷入坚硬的石阵中。每每这个时期，我就渴望从这些故事和文字的缝隙中钻出去，奔向绘画。

当我扑到画案前，挥毫把一片淋漓光彩的彩墨泼到纸上，它立即呈现出无穷的形象。莽原大漠，疾雨微霜，浓情淡意，幽思苦绪，一下子立见眼前。无须去搜寻文字，刻意描写，借助于比喻，一切全都有声有色、有光有影迅速现于腕底。几根线条，带着或兴奋或哀伤或狂愤的情感；一块水墨，真切切的是期待是缅怀是梦想。那些在文字中只能意会的内涵，在这里却能非常具体地看见。绘画充满偶然性。愈是意外的艺术效果不期而至，绘画过程愈充满快感。从写作角度看，绘画是一种变幻想为现实、变瞬间为永恒的魔术。在绘画天地里，画家像一个法师，笔扫风至，墨放花开，法力无限，其乐无穷。可是，这样画下去，忽然某个时候会感到，那些难以描绘、难以用可视的形象来传达的事物与感受也要来困扰我。但这时只消撇开画笔，用一句话，就能透其精髓，奇妙又准确地表达出来，于是，我又自然而然地返回了写作。

所以我说，我在写作写到最充分时，便想画画；在作画作到最满足时，即渴望写作。好像爬山爬到峰顶时，纵入水潭游戏；在浪中耗尽体力，便仰卧在滩头享受日晒与风吹。在树影里吟诗，到阳光里唱歌，站在空谷中呼喊。这是一种随心所欲、任意反复的选择，一种两极的占有，一种甜蜜的往返与运动。而这一切都任凭生命状态的左右，没有安排、计划与理性的支配，这便是我说的：遵从生命。

这位记者听罢惊奇地说，你的自我感觉似乎不错。

我说，为什么不。艺术家浸在艺术里，如同酒鬼泡在酒里，感觉当然很好。

精神的三间小屋

□ 毕淑敏

面对那句——人的心灵，应该比大地、海洋和天空都更为博大的名言，自惭自秽。我们难以拥有那样雄浑的襟怀，不知累积至哪种广袤，需如何积攒每一粒泥土，每一朵浪花，每一朵云霓。

甚至那句恨不能人人皆知的中国古话——宰相肚里能撑船，也让我们在敬仰之余，不知所措。也许因为我们不过是小小的草民，即便怀有效仿的渴望，也终是可望而不可及，便以位卑宽宥了自己。

两句关于人的心灵的描述，不约而同地使用了空间的概念。人的肢体活动，需要空间。人的心灵活动，也需要空间。那容心之所，该有怎样的面积和布置。

人们常常说，安居才能乐业。如今的城里人一见面，就问，你是住两居室还是三居室啊……喔，两居室窄巴点，三居室虽说也不富余，也算小康了。

身体活动的空间是可以计量的，心灵活动的疆域，是否也有个基本达标的数值。

有一颗大心，才盛得下喜怒，输得出力量。于是，宜选月冷风清竹木潇潇之处，为自己的精神修建三间小屋。

第一间，盛着我们的爱和恨。对父母的尊爱，对伴侣的情爱，对子女的疼爱，对朋友的关爱，对万物的慈爱，对生命的珍爱……对丑恶的仇恨，对污浊的厌烦，对虚伪的憎恶，对卑劣的蔑视……这些复杂对立的情感，林林总总，会将这间小屋挤得满满，间不容发。你的一生，经历过的所有悲欢离合喜怒哀乐，仿佛以木石制作的古老乐器，铺陈在精神小屋的几案上，一任岁月飘逝，在某一个金戈铁血之夜，它们会无师自通，与天地呼应，铮铮作响。假若爱比恨多，小屋就光明温暖，像一座金色池塘，有红色的鲤鱼游弋，那是你的大福气。假如恨比爱多，小屋就阴风惨惨，厉鬼出没，你的精神悲戚压抑，形销骨立。如果想重温祥和，就得净手焚香，洒扫庭院。销毁你的精神垃圾，重塑你的精神天花板，让一束圣洁的阳光，从天窗洒入。

无论一生遭受多少困厄欺诈，请依然相信人类的光明大于暗影。哪怕是只多一个百分点呢，也是希望永恒在前。所以，在布置我们的精神空间时，给爱留下足够的容量。

第二间小屋，盛放我们的事业。

一个人从 25 岁开始做工，直到 60 岁退休，他要在工作岗位上度过整整 35 年的时光。按一日工作 8 小时，一周工作 5 天，每年就要为你的职业付出 2000 个小时。倘若一直干到退休，那就是 70000 个小时。在这个庞大的数字面前，相信大多数人都会始于惊骇终于沉思。假如你所从事的工作，是你的爱好，这 70000 个小时，将是怎样快活和充满创意的时光！假如你不喜欢它，漫长的 70000 个小时，足以让花容磨损日月无光，每一天都如同穿着淋湿的衬衣，针芒在身。

我不晓得一下子就找对了行业的人，能占多大比例？从大多数人谈到工作时乏味麻木的表情推算，估计这样的幸运儿不多。不要轻觑了事业对精神的濡养或反之的腐蚀作用，它以深远的力度和广度，挟持着我们的精神，以成为它麾下持久的人质。

适合你的事业，白桦林不靠天赐，主要靠自我寻找。这不但因为相宜的事业，并非像雨后的菌子一样，俯拾即是，而且因为我们对自身的认识，也是抽丝剥茧，需要水落石出的流程。你很难预知，将在 18 岁还是 40 岁甚至更沧桑的时分，才真正触摸到倾心的爱好。当我们太年轻的时候，因为尚无法真正独立，受种种条件的制约，那附着在事业外壳上的金钱地位，或是其他显赫的光环，也许会灼晃了我们的眼睛。当我们有了足够的定力，将事业之外的赘生物一一剥除，露出它单纯可爱的本质时，可能已耗费半生。然费时弥久，精神的小屋，也定需住进你所爱好的事业。否则，鸠占鹊巢，李代桃僵，那屋内必是鸡飞狗跳，不得安宁。

我们的事业，是我们的田野。我们背负着它，播种着，耕耘着，收获着，欣喜地走向生命的远方。规划自己的事业生涯，使事业和人生，呈现缤纷和谐相得益彰的局面，是第二间精神小屋坚固优雅的要诀。

第三间，安放我们自身。

这好像是一个怪异的说法。我们自己的精神住所，不住着自己，又住着谁呢?

可它又确是我们常常犯下的重大失误——在我们的小屋里，住着所有我们认识的人，惟独没有我们自己。我们把自己的头脑，变成他人思想汽车驰骋的高速公路，却不给自己的思维，留下一条细细羊肠小道。我们把自己的头脑，变成搜罗最新信息网络八面来风的集装箱，却不给自己的发现，留下一个小小的储藏盒。我们说出的话，无论声音多么嘹亮，都是别的喉咙嘟囔过的。我们发表的意见，无论多么周全，都是别的手指圈画过的。我们把世界万物保管得好好，偏偏弄丢了开启自己的钥匙。在自己独居的房屋里，找不到自己曾经生存的证据。

如果真是那样，我们的精神小屋，不必等待地震和潮汐，在微风中就悄无声息地坍塌了。它纸糊的墙壁化为灰烬，白雪的顶棚变作泥泞，露水的地面成了沼泽，江米纸的窗棂破裂，露出惨淡而真实的世界。你的精神，孤独地在风雨中飘零。

三间小屋，说大不大，说小不小。非常世界，建立精神的栖息地，是智慧生灵的义务，每人都有如此的权利。我们可以不美丽，但我们健康。我们可以不伟大，但我们庄严。我们可以不完满，但我们努力。我们可以不永恒，但我们真诚。

当我们把自己的精神小屋建筑得美观结实、储物丰富之后，不妨扩大疆域，增修新舍，矗立我们的精神大厦，开拓我们的精神旷野。因为，精神的宇宙，是如此地辽阔啊。

造　心

□ 毕淑敏

蜜蜂会造蜂巢。蚂蚁会造蚁穴。人会造房屋，机器，造美丽的艺术品和动听的歌。但是，对于我们最重要最宝贵的东西——自己的心，谁是它的建造者？

孔雀绚丽的羽毛，是大自然物竞天择造出。白杨笔直刺向碧宇，是密集的群体和高远的阳光造出。清香的花草和缤纷的落英，是植物吸引异性繁衍后代的本能造出。卓尔不群坚韧顽强的性格，是秉赋的优异和生活的历练造出。

我们的心，是长久地不知不觉地以自己的双手，塑造而成。

造心先得有材料。有的心是用钢铁造的，沉黑无比。有的心是用冰雪造的，高洁酷寒。有的心是用丝绸造的，柔滑飘逸。有的心是用玻璃造的，晶莹脆薄。有的心是用竹子造的，锋利多刺。有的心是用木头造的，安稳麻木。有的心是用红土造的，粗糙朴素。有的心是用黄连造的，苦楚不堪。有的心是用垃圾造的，面目可憎。有的心是用谎言造的，百孔千疮。有的心是用尸骸造的，腐恶熏天。有的心是用眼镜蛇唾液造的，剧毒凶残。

造心要有手艺。一只灵巧的心，缝制得如同金丝荷包。一罐古朴的心，淳厚得好似百年老酒。一枚机敏的心，感应快捷电光石火。一颗潦草的心，门可罗雀疏可走马。一滩胡乱堆就的心，乏善可陈杂乱无章。一片编织荆棘的心，暗设机关处处陷井。一道半是细腻半是马虎的心，好似白蚁蛀咬的断堤。一朵绣花枕头内里虚空的心，是假冒伪劣心界的水货。

造心需要时间。少则一分一秒，多则一世一生。片刻而成的大智大勇之心，未必就不玲珑。久拖不绝的谨小慎微之心，未必就很精致。有的人，小小年纪，就竣工一颗完整坚实之心。有的人，须发皆白，还在心的地基挖土打桩。有的人，半途而废不了了之，把半成品的心扔在荒野。有的人，成百里半九十，丢下不曾结尾的工程。有的人，精雕细刻一辈子，临终还在打磨心的剔透。有的人，粗制滥造一辈子，人未远行，心已灶冷坑灰。

心的边疆，可以造得很大很大。像延展性最好的金箔，铺设整个宇宙，把日月包涵。没有一片乌云，可以覆盖心灵辽阔的疆域。没有哪次地震火山，可以彻底颠覆心灵的宏伟建筑。

没有任何风暴，可以冻结心灵深处喷涌的温泉。没有某种天灾人祸，可以在秋天，让心的田野颗粒无收。

心的规模，也可能缩得很小很小，只能容纳一个家，一个人，一粒芝麻，一滴病毒。一丝雨，就把它淹没了。一缕风，就把它粉碎了。一句流言，就让它痛不欲生。一个阴谋，就置它万劫不复。

心可以很硬，超过人世间已知的任何一款金属。心可以很软，如泣如诉如绢如帛。心可以很韧，千百次的折损委屈，依旧平整如初。心可以很脆，一个不小心，顿时香消玉碎。

造心的时候，可以有很多讲究和设计。

比如预埋下一处心灵的生长点，像一株植物，具有自动修复、自我养护的神奇功能。心受了创伤，它会挺身而出，引导心的休养生息，在最短的时间内，使心整旧如新。

比如高高竖起心灵的避雷针，以便在危急时刻，将毁灭性的灾难导入地下，耐心等待雨过天晴。

比如添加防震防爆的性能，在心灵遭受短时间高强度的残酷打击下，举重若轻，镇定地维持蓬勃稳定。

比如……

优等的心，不必华丽，但必须坚固。因为人生有太多的压榨和当头一击，会与独行的心灵，在暗夜狭路相逢。如果没有精心的特别设计，简陋的心，很易横遭伤害一蹶不振，也许从此破罐破摔，再无生机。没有自我康复本领的心灵，是不设防的大门。一汪小伤，便漏尽全身膏血。一星火药，烧毁绵延的城堡。

心为血之海，那里汇聚着每个人的品格智慧精力情操，心的质量就是人的质量。有一颗仁慈之心，会爱世界爱人爱生活，爱自身也爱大家。有一颗自强之心，会勤学苦练百折不挠，宠辱不惊大智若愚。有一颗尊严之心，会珍惜自然善待万物。有一颗流量充沛羽翼丰满的心，会乘上幻想的航天飞机，抚摸月亮的肩膀。

造心是一项艰难漫长的工程，工期也许耗时一生。通常是母亲的手，在最初心灵的模型上，留下永不消退的指纹。所以普天下为人父母者，要珍视这一份特别庄重的义务与责任。

当以我手塑我心的时候，一定要找好样板，郑重设计，万不可草率行事。造心当然免不了失败，也很可能会推倒重来。不必气馁，但也不可过于大意。因为心灵的本质，是一种缓慢而精细的物体，太多的揉搓，会破坏它的灵性与感动。

造好的心，如同造好的船。当它下水远航时，蓝天在头上飘荡，海鸥在前面飞翔，那是一个神圣的时刻。会有台风，会有巨涛。但一颗美好的心，即使巨轮沉没，它的颗粒也会在海浪中，无畏而快乐地燃烧。

兵马俑前的沉思

□ 韩小蕙

一

尽管已置身在恢宏的展览大厅里，眼前这裸露的真实的黄土地，仍不失大西北的悲壮气概，令人喟叹不已！恍惚间，但闻鼓角齐鸣，脚步踏踏，参观的人流已悄然隐去，黄色的空间中，列队走来兵马俑们那灰黑的方阵……

但我简直无法想象，他们每一张脸上，竟都堆着恭顺的微笑！

这两千年前的威武之师！他们之中的每一个人，无论是将军还是士兵，全是高大、魁伟、相貌堂堂。威严的军服，整肃的纶巾，和他们身上那异常精美的小佩饰，更把这些七尺男儿的身躯衬托得英武无比。可以想象在当年横扫六合的无数次鏖战之中，他们曾怎样奋猛地浴血奋战，横扫千军。没有他们，秦王朝的伟业无从得以实现，始皇帝的声名无从得以流传；而那千秋功业的史册上，也无从写下辉煌的一笔。

可是现在，面对着一个死去的女人，他们竟这样整齐地排着队，每个人都是两肩前耸，双手下垂，低眉敛目，摆出了一副恭顺的朝拜姿态。

这难道就是他们留给后人、留给千秋万代的永恒吗？

这是我所见到的最令人困惑的微笑。

二

我简直无法理喻，他们怎么能笑得出来？

姑且不提那孟姜女哭倒长城的老话，单是面对着这铺张靡丽的始皇之母墓葬群，谁又能不感受到凝聚其中的血与泪？

金碧辉煌的铜车马固然精美绝伦，但那金银，无一不是横征暴敛而来；场面宏大的俑坑固然震人心魄，堪称奇迹，然而遥想当年那肩挑手抬的原始施工，莫如说是累累白骨堆砌而成；成百数千个兵俑固然个个高大雄壮，气势夺人，可若有人去倾听他们内心的血泪，恐怕这墓道会轰然坍塌，爆起四方狼烟……

不提防之间，讲解员突然把一个争执不下的千古之谜，硬梆梆地拽到面前：

“你们说，这兵俑，是先烧造好放进炕道里的呢，还是与炕道同时烧就的呢？”

甲说：“我看就是在这墓道里烧的，不然怎么能排列得这么整齐？”

乙讲：“不对头。别忘了，这么多兵俑没一个相同的，是因为当年每一个俑都用一个活人做模特儿。”

“啊！……”我差点叫出声来。这就是了，从刚才见到这些兵俑的最初一刻起，我的心里就漾起一种恐怖的感觉，老觉得这些不声不响的兵俑们的身体内，都包孕着一个活生生的人！尽管讲解员并没有这么说，史书上也没有这样的记载，可这想法是那么固执地存在我的心里，怎么也挥之不去。我便死死地盯住兵俑们的破损处，想看看那残破的伤口里，到底是泥土还是别的什么。然而历史到底是太长久了，即使是血肉之躯，也早就零落成泥了……

零落成泥碾作尘，仇恨却应当还在。徭役之重、苛捐之重、盘剥之重、压榨之重，也许没有超过秦王朝的了。仅从眼前这空前奢靡的墓葬中，就不难推想出那千古一帝本身的丧事，不知还要铺张多少倍！而在七国连年征战、秦王统一霸业之后仅数年之内，百姓哪能拿出如此众多的财富，来满足统治阶级骄奢淫逸的需求呢？由此可见，当年的阶级冲突，必定是极其酷烈的，绝不会是这样一曲太平大乐。

这是我所见到的最令人心疑的微笑。

三

我一定要弄个明白，他们为什么会笑？

于是，我溯着历史的源头，匆匆过清、明而跨宋、唐，走向他们那个残暴的时代……

不料我来得太晚了。还未跨进秦王朝那道黑漆漆的门槛，就见墓道的大门被轰然关死，里面便从此声息全无。只一会儿，黄土地上面就悄悄地冒出青草，淹没了曾是那么真实的历史痕迹。

我便又匆匆赶往骊山，想看看还在施工中的秦始皇陵。可惜里外三层的重兵防范得固若金汤，除了偶尔传来役夫们的一二声惨叫之外，根本看不到里面的一砖一石。中国历史的封建统治者，不知为什么都那么重视他们的身后事，一个个还在盛年壮年的时候，就急急忙忙地搜金刮银，自掘起一个比一个更加奢华的坟墓。难道他们真的相信，尽其所能带走的那些珠宝珍镬，真能保证他们在阴间继续纵情享乐吗？生前尚不能做到所谓的“万世昌盛”，还谈什么死后的福份呢！

在这一点上，秦始皇比他们所有的人都更加贪婪。甚至在他的基业还立足未稳之时，就令风水先生找下骊山脚下的这块风水宝地，为自己修建起死后的地宫。这一修造侈耗了全国老百姓多少财富，历史已无法查清，只知岁岁年年之后的今天，那环绕着陵墓而生出的层层密密的石榴树，依然在喷吐着愤怒的火焰。

登上高高的秦始皇陵，果然是一派“好风水”。背倚骊山巍峨的山势，脚下是一览无余的八百里平川。环顾四周，除却氤氲云气，便是呼呼的天风。不用再说什么，我忽然明白了许多事：

却原来，始皇帝的用心何其良苦。他是想永世高踞于这半天之上，让千秋万代人永远在他脚下朝拜。正是这强烈的统治欲，驱使着他日夜兼程，赶造出成千上万个兵俑，向他微笑，向他称臣，向他山呼万岁。

至此，谜团似乎应该是解开了：为什么秦墓陪葬阵势是兵马俑？这是因为秦始皇想要保住他的“万世江山”。为什么这成千上万个兵俑非要以活人做模特儿？这是因为秦始皇在死后也要继续奴役他们。为什么兵俑们的脸上不是悲愤反而堆起恭顺的微笑？这是因为秦始皇强迫他们做此笑脸，使之适应统治阶级意识的需要……

我不知道那些做模特儿的活人，当年是否也这样笑着。

这是我所见到的最令人悲愤的微笑。

四

他们在笑，我却笑不起来。我身后，也没有一个人在笑。在这气势夺人的展览大厅里，面对着一排排微笑不已的历史兵俑们，参观的人流在缓缓涌动。人们在用今天的观念审视着昨天。

中华古国，泱泱五千年。

西安古都，巍巍大雁塔。

从全世界来的旅游者川流不息。在他们长长的队伍中，有美国总统、英国首相、荷兰女王、苏联部长会议主席。据说，他们在看到举世无双的兵马俑时，全都赞叹不已。

赞叹中国古老的历史、灿烂的文化、博大的文明、深邃的内涵、先人的智慧、昔日的昌盛……看得出，他们的赞叹都发自内心。以至于公允地将眼前这壮观的秦兵马俑，称为“世界第八大奇迹”。

从世界文明发展的角度，从历史的角度，眼前这些兵马俑堪称其誉。他们真正是华夏文明的精品，是中华民族的脊梁，是中国对于世界文明的贡献。我们这些两千年之后的后来者们，理所当然地感到骄傲。

来此之前，我家中的书柜里，就早已摆上了一对灰黑的秦兵小俑，那是在北京的一座博物馆里发现而购得的。我一直十分珍爱他们，心心愿愿有朝一日能到他们的出土地来看一看。在北京，在文化界的许多名人家里，我都曾见到过这些不同神态的秦兵小俑，庄严地站在明亮的书柜里。只要同他们的主人稍一提及，便往往会于闲谈之中，听到亲游西安的同一向往……

可是如今真的来了，站在他们面前了，我却怎么也没有想到他们在笑！

望着这恭顺的微笑，我失望得有些不能自持。

五

幸好，我及时地发现，是我错了。

我终于弄懂了，兵马俑们在笑什么。

一个五岁的小女孩，着一身鲜艳的红色衣衫，就连头顶上那朵蝴蝶结也是红色的。在这一脉黄土地面前，显得异常鲜艳夺目。我向她凝视了很久。只见她对着母亲扬起明丽的小脸，故意学着大人的口气，深沉地说：

“真是不可思议！他们真的已经有两千多岁了吗？那他们怎么还不死呀？”

噢，原来在孩子的小心灵里，这些高大的兵马俑们还都活着？我立即在心底里欢呼起来：我也宁肯相信他们还都活着！

假若他们活着，让他们重新选择一遍每个人的人生，那么，他们将会怎样重新书写自己的历史呢？

无疑的，他们所做的第一个举动，便会是举起有力的臂膀，掀翻这阴森可怖的墓道，奔向黄土地上面的晴天朗日。

然后，他们将各奔家乡，寻找啼哭的妻子、失散的爹娘。靠着自己勤劳的双手，重建家庭的幸福。

如果阴霾又来，追兵所至，向他们高悬起毒蛇一样的皮鞭，妄图将他们重新驱使奴役的话，他们就宁肯投奔到农民起义军伐秦的队伍中去……

呵，这幅新绘的历史画卷，是不是太具有现代人的主观色彩了呢？用二十世纪九十年代的今人意识，去对两千多年前的中国农民做如是遐想，当然未免有些迂腐痴情了。

可是，历史的发展规律不就是如此演进的么？只有短短十四年，阿房宫就被冲天的火焰烧成一把灰烬。火光中，农民起义军队伍正在乘胜进击，把胡亥一伙追杀得抱头鼠窜。

莫非兵马俑们笑的就是这？

他们在笑崩溃、笑灭亡：不可一世的秦帝国，倏忽一瞬就被埋葬掉了。

他们在笑贪婪、笑妄想：越想做万世的皇帝，越是短命而亡。

他们在笑虚弱、笑无能：在历史之簿上，没有哪一个皇帝能够长久地奴役人民。

他们在笑那些匆匆的历史过客：他们个个自以为是历史的主宰者，却不知就在他们强迫人民俯首称臣之时，已成为世人永久的嘲笑对象……

这才是两千多年前兵俑们微笑不已的本意呀！

地下森林断想

□ 张抗抗

森林是雄伟壮丽的，遮天蔽日，浩瀚无垠。风来似一片绿色的海，夜静如一堵坚固的墙。那就是森林，地球尚未造就人类，却已经造就了它，植物世界骄傲的代表。

可是你，却为什么长在这里？长在这阴森森、黑黝黝的幽深的峡谷。为了寻找你，我爬上了高高的山岭，穿过了长长的石洞。袅袅烟云在我身边飘浮，而你那充满生机的树梢，却刚够得着我的脚尖，不及山坡上小草儿高。你似乎深不见底，宽不可测，没有人见过你的全貌。虽然你拥有珍贵的树木，这大自然无价的财富，然而你沉默寡言、与世无争多么不公平啊，你这个世上罕见的地下森林。你从哪里飞来？你究竟遭受了什么不幸，以致使你沉入这黑暗的深渊，熬过了那么漫长的岁月？

那一定是遥远的年代了。那时候这里也许是一片芬芳的草地，也许是肥美的湖沼，美丽的大自然，万物鼎盛。可是突然一次巨大的火山爆发，瞬息改变了一切。狂风呼啸，气浪灼人，沙石飞腾，岩浆横溢，霎时天昏地暗，山崩地裂，好像到了世界的末日……

人们不知道地球为什么要发那么大的脾气。或许仅仅是因为它喜欢运动。啊，听苍郁的巨木在风暴中咔咔折断，见地心的“热血”喷射上天，气势之宏伟壮观，连太阳都要肃然起敬。

然而它终于息怒了。于是一切都平静下来。平静了，草地变成了明镜似的湖，昔日的湖底成了奇形怪状的石山，它把岩石熔化成沙砾，把峻岭劈成深渊。一切都改变了：烧焦的石头取代了绿色的森林，黑色的岩浆覆盖了娇艳的野花。多么宁静的世界哟，万籁俱寂，没有百鸟啾啾，没有树叶沙沙……

就像那一切火山爆发后留下的痕迹一样，在这里，黑龙江省宁安县境内距镜泊湖 180 公里的山林里，早已沉寂的火山留下了 7 个不规则的深坑，四面均为悬崖，险岩峭立，怪石嶙峋。深处百十米，浅处少说也有三四十米，谷底开阔，散落着万年前山摇地动时崩塌下来的巨石。

火山制造了峡谷、深渊，却没有留下生命，山是光秃秃的，谷是光秃秃的，太阳依然高悬，可是山没有颜色，谷没有颜色……

多少年过去了，风儿把山顶上岩石的表层化作了泥土，瘠薄而细密；它又不辞辛苦地从远处茂密树林里捎来种子，让雨水把它们唤醒。坡上青翠的小苗讨得阳光喜欢了，阳光便慷慨地抚爱它们。于是，灰黑的火山石变绿了，悬崖上，山岭间，一片郁郁葱葱，鸟儿也回来，为的是歌唱生命。

然而那幽暗的峡谷，却依然如故。黑黝黝、光秃秃、阴森森、静悄悄。樵夫听得见泉水在谷底的石洞里激起的滴嗒回声，猎人追踪狼嗥虎啸。至此，除了厚厚的青苔外什么也没有。几千年过去了，大自然的生命无处不在，峡谷却没有资格得到哪怕一株小草……

也许鸟儿掠过山崖，衔叼的草茎曾在这里落下过草籽儿，但是草籽儿没有发芽；也许山泉流过谷底，携带过几粒花种，但是小花儿没有长大。都说阳光是公平的，在这里却不，不！它沉湎于高山大川平野对它的欢呼致意，却从来没有到这深深的峡谷的底部来过。它吝啬地在崖口徘徊，装模做样地点头。它从没有留意过这陷落的大坑，而早已将它遗忘了。即使夏日的正午偶有几束光线由于好奇而向谷底窥测，也是斜视着，没有几丝暖意。

阳光不喜欢峡谷，峡谷莫非不知道？

阳光是公平的么？峡谷莫非不明白？

不幸的峡谷，它本可以变成一串明珠也似的小湖，像德都县的高山堰塞湖“五大连池”那样，轻而易举就可赢得人们的赞美。可是它却不。它悄然无声地躺在这断壁底下，并不急于到世上去炫耀自己，它隐姓埋名，安于这荒僻的大山之间，总好像在期待着什么，希望着什么。它究竟在期待和希望着什么呢？

长空的大风经过这里，停下了脚步。不等探询，便很快理解了它。它把坑口的石块碾成粉末，一点一点地撒落到峡谷的石缝里去。

洁净的山泉日日与它相伴，也终于明白了它。它从石洞里流出来，又一滴一滴渗进石缝里去，把石块碾成的粉末变成了泥土。

山顶的鱼鳞松时时顾盼着它。虽然相对无言，却是心心相通。它敬仰峡谷深沉的品格，钦佩峡谷坚韧的毅力，它为阳光的偏爱愤懑，为深渊的遭遇不平。秋天，它结下了沉甸甸的种子，便毅然跳进了峡谷的怀抱，献身于那没有阳光的“地下”，也许为它所感召，纯洁的白桦、挺拔的青杨、秀美的黄菠萝，它们勇敢的种子，都来了，来了。一粒、几十粒、几百粒。不是出于怜悯，而是为了试一试大自然的生命力究竟有多强……

几千年过去了，几万年过去了。

孱弱的小苗曾在寒冷霜冻中死去，但总有强者活下来了，长起来了，从没有阳光的深坑里长起来。

几千年过去了，几万年过去了，进入了人类的文明时代。终于有一天，人们在昔日的死火山口发现了一个奇迹，一个生命史上的奇迹：幽暗的峡谷里竟然柞木苍郁，松树成林，整整齐齐、密密麻麻地耸立着一片蔚为壮观的森林。只因为它集于井底一般的深谷之中，而又黑森森不见阳光，有人便为它起了一个恰如其分的名字，叫作地下森林。

如果它早已变成漂亮的小湖，奇丽的深潭，也许早就免除了这“地下”的一切艰辛。但是它不愿意。它懂得阳光虽然嫌弃它，时间却是公正的，为此它宁可付出几万年的代价。它在黑暗中苦苦挣扎向上，爱生命竟爱得那样热烈真挚。尽管阳光一千次对它背过脸去，它却终于把粗壮的双臂伸向了光明的天顶，把伟岸的成材无私奉献给人们，得到了自己期待和希望已久的荣光。

我为寻你爬上了高高的岭，原只是因为好奇，却想不到你如此强烈地震动了我的心怀。我不愿离去了。我望见涧底泉水闪烁，我明白那是你含泪的微笑。

秋日的艳阳在森林的树梢上欢乐地跳跃，把林子里墨绿的松、金色的唐棋、橘黄的杨、火红的枫，打扮得五彩缤纷。瞧！阳光现在多么喜爱它们，好像它从来就是这么慷慨。

风儿从我脚下的林子里钻出来，送来林涛愉悦而又深沉的低吟。你的歌是唱给曾在困难中真诚地帮助过你的伙伴们听的吗？它们如今都到哪儿去了呢……

干枯的小草儿在我脚下发出簌簌的响声，似乎在提醒我注意它。它确实比你这地下森林要高出好几分呢，这得意的小草儿。然而我却想攀着古藤下去，下到深深的谷底去。那儿的树木虽然远不如山上的小草高，但它却可以自豪地宣布：

我是森林!

啊，我听见了，听见了那莽莽群峰和高高天庭上震荡的回声：我是森林!

大自然每一次剧烈的运动，总要破坏和毁灭一些什么，但也总有一些顽强的生命，不会屈服，绝不屈服啊！地下森林，我们古老的地球生命中新崛起的骄子，谢谢你的启迪。

我景仰那些曾在黑暗中追寻光明的地下的“种子”。愿你们创造更多的奇迹!

一滴水可以活多久

□ 迟子建

这滴水诞生于凌晨的一场大雾。人们称它为露珠，而她只把它当作一滴水来看待，它的的确确就是一滴水。最初发现它的人是一个七八岁的小女孩，她不是在玫瑰园中发现它的，而是为了放一只羊去草地在一片草茎的叶脉上发现的。那时雾已散去，阳光在透明的空气中飞舞。她低头的一瞬发现了那滴水。它饱满充盈，比珠子还要圆润，阳光将它照得肌肤浏亮，她在敛声屏气盯着这滴水看的时候不由发现了一只黑黑的眼睛，她的眼睛被水珠吸走了，这使她很惊讶。我有三只眼睛，两只在脸上，一只在草叶上，她这样对自己说。然而就在这时她突然打了一个喷嚏，那柔软的叶脉随之一抖，那滴水骨碌一下便滑落了。她的第三只眼睛也随之消失了。她便蹲下身子寻找那滴水，她太难过了，因为在此之前她从未发现过如此美的事物。然而那滴水却是难以寻觅了。它去了哪里？它死了吗？

后来她发现那滴水去了泥土里，从此她便对泥土怀着深深的敬意。人们在那片草地上开了荒，种上了稻谷，当沉甸甸的粮食蜕去了糠皮，在她的指间矜持地散发出成熟的微笑时，她确信她看见了那滴水。是那滴水滋养了金灿灿的稻谷，她在吃它们时意识里便不停地闪现出凌晨叶脉上的那滴水，它莹莹欲动，晶莹剔透。她吃着一滴水培育出来的稻谷一天天地长大了，有一个夏日的黄昏，她在蚊蚋的歌唱声中发现自己成了一个女人，她看见体内流出的第一滴血时，确信那是几年以前那滴水在她体内作怪的结果。

她开始长高，发丝变得越来越光泽柔顺，胸脯也越来越丰满，后来她嫁给了一个种地的男人。她喜欢他的力气，而他则依恋她的柔情。她怎么会有这么浓的柔情呢？她俯在男人的肩头老有说也说不尽的话，好在夜晚时被男人搂在怀里就总也不想再出来，后来她明白是那滴水给予她的柔情。不久她生下了一个孩子，她的奶水真旺啊，如果不吃那滴水孕育出的稻米，她怎么会有这么鲜浓的奶水呢？后来她又接二连三地生孩子，渐渐地她老了，她在下田时常常眼花，即使阴雨绵绵的天气也觉得眼前阳光飞舞。她的子孙们却像椴树林一样茁壮地成长起来。

她开始抱怨那滴水，你为什么不再给予我青春、力量和柔情了呢？难道你真的死去了吗？她步履蹒跚着走向童年时去过的那片草地，如今那里已经是一片良田，入夜时田边的水洼里蛙声阵阵。再也不见碧绿的叶脉上那滴纯美之极的水滴了，她伤感地落泪了。她的一滴泪水滑落到手上，她又看见了那滴水，莹白圆润，经久不衰。你还活着，活在我的心头！她惊喜地对着那滴水说。

她的牙齿渐渐老化，咀嚼稻米时显得吃力了。儿孙们跟她说话时要贴着她耳朵大声地叫，即使这样她也只是听个一知半解。她老眼昏花，再也没有激情俯在她男人的肩头咕哝不休了。而她的男人看上去也畏畏缩缩，终日垂头坐在门槛前的太阳底下，漠然平静地看着脚下的泥土。有一年的秋季她的老伴终于死了，她嫌他比自己死得早，把她给丢下了，一滴眼泪也不肯给予他。然而埋葬他后的一个深秋的月夜，她不知怎的格外想念他，想念他们的青春时光。她一个人拄着拐杖哆哆嗦嗦地来到河边，对着河水哭她的伴侣。泪水落到河里，河水仿佛被激荡得上涨了。她确信那滴水仍然持久地发挥着它的作用，如今那滴水幻化成泪水融入了大河。而她每天又都喝着河水，那滴水在她的周身循环着。

直到她衰老不堪即将辞世的时候，她的意识里只有一滴水的存在。当她处于弥留之际，儿孙们手忙脚乱地为她穿寿衣，用河水为她洗脸时，她的头脑里也只有一滴水。那滴水湿润地滚动在她的脸颊为她敲响丧钟。她仿佛听到了叮当叮当的声音。后来她打了一个微弱的喷嚏，安详地合上眼帘。那滴水随之滑落在地，渗透到她辛劳一世的泥土里。她不在了，而那滴水却仍然活着。

她在过世后又变成了一个七八岁的小女孩，有一天凌晨大雾消散后她来到一片草地，她在碧绿的青草叶脉上发现了一颗露珠，确切地说是一滴水，她还看见了一只黑亮的眼睛在水滴里闪闪烁烁，她相信她与一生中所感受的最美的事物相逢了。

用力呼吸

□ 陆星儿

2002年2月11日病房里的年夜饭

眼看快过年了，我嘴里还插着那根卡着喉咙的胃管，那滋味，不说像上刑，但手术所有的痛苦加起来都莫过于这根胃管无穷无尽的刺激，呼吸、咽唾沫、说话，无时无刻不感到一种难言的障碍。上帝对人体的创造是最完美不过的，少一样或多一点都是麻烦。我身上少了胃，却还要多根管子，这一少一多，便添了双倍的麻烦。而芮医生答应，过年前一定拔掉管子，所以，我对过年的盼望，只盼着能快点解除枷锁。

手术后的第四天、第五天，我已被胃管折磨得心烦意乱，几乎快熬不下去了。一直盼到大年夜，早上，芮医生一上班就来我病房，笑嘻嘻的。芮医生的笑容果然解救了我，一眨眼，我像吐出一根粗大的鱼刺，浑身舒服，再透彻地猛吸一口气，刹那间，人像飞了起来。我好像从未体会过这种腾云驾雾的舒服。其实，拔掉管子，只是回复一种常态，这使我有所觉悟：原来，一个人能保持常状，就是莫大的幸福啊。

而常态像一棵树，树欲静则风不止。我们往往经不住风的煽动，喜欢迎风摇摆、凭风起舞，更年轻时，甚至喜欢让暴风雨来得更猛烈些吧！哪里会懂得树静这种常态的可贵。自从走出婚姻的常态，我感受过感情失衡的痛苦和沮丧，尤其逢年过节，看人家老老小小、团团圆圆，自己却孤孤单单、落落寡合，连最起码、最平常的生活，对我都是可望不可及的。因此，对常态的渴望，是这些年内心的一大课题，特别是一年忙到头，到了除夕日，眼看新年伊始、春风又度，而内心的课题仍是白卷一张，深感岁月蹉跎，心绪会惆怅万端，惆怅过后，便是更深的无奈：因为无能为力；因为生活不是童话；因为这就是命运。

又到除夕

今年的除夕越加特别了，我仍在一天二十四小时地补液，虽然过了上甘岭时期，医生总算允许我少许地喝一点白开水、喝一点米汤了。但一年一次的年夜饭总得吃啊，姐姐和姐夫决定把母亲接来医院。姐姐和姐夫都是新疆知青，他们退休办回上海，使我和母亲多年冷清的年夜饭才有了新的气氛。而我得病，也很是时候，有姐姐、姐夫帮忙，我得到了从未享受过的照顾，尤其手术后的一周，我像个婴儿，需要别人喂水喂饭、洗脸洗脚，有好几次，我在半夜的昏睡中，感觉到姐姐在用温润的棉球，一遍遍地沾湿我干裂的嘴唇，我下意识地伸出舌头，贪婪地吸吮着那清清的水星，我干涩的眼眶湿了。我们姐妹聚少离多，姐姐 1964 年去新疆，我 1968 年去黑龙江，见一面就是十年八年的，但每次见到姐姐，我总要找点事情依赖一下姐姐，或让她改件衣服、或请她织双毛袜，我知道，衣服、袜子都大可不必麻烦姐姐的，我只是需要找回做妹妹的、总算有依赖的感觉。独当一面的生活，似乎顶天立地的，但内心常有虚弱、疲惫的时候，渴望能倚傍亲人，渴望做女儿、做妹妹。但父亲早逝，母亲年老多病，哥哥姐姐都远在外地，想倚傍也够不着。倒是这次狠狠地生一场大病，哥哥、嫂嫂，姐姐、姐夫都围着我转了，母亲说，她都忌妒了。我理解母亲的话。手足之情确实给了我极大的满足，躺在病床上被姐姐、嫂嫂悉心照料着，我大大地做了一回妹妹啊。这真是生病的一大收获。

病房里的年夜饭，只能因陋就简，在医院食堂预订几份炒菜，朋友也送来饭店配售的冷盆，拼拼凑凑也有一小桌。但病房里没有可以团团围坐的餐桌，只能从配餐室借来送饭的活动小推车当台面。开饭前，儿子先把我的病房装饰一番，把一只超级的中国结悬挂在窗框正中，据说，这是豫园商场里最大号的中国结，然后，又把一串红灯笼，密密地套在输液的铁架上，我的床头与床架，也嘟嘟噜噜地吊满大红大绿的吉祥物，我尤其喜欢一个筛粮的簸箕和一扎金黄的玉米，五谷丰登，朴素、喜庆，带来了土地和乡村的丰收气息。儿子这一通忙上忙下的，使小病房顿时春暖花开、喜气洋洋。姐姐夸奖道：你儿子不愧是学艺术设计的，今年的年夜饭，看来，我们主要吃气氛了。过了那么多年，说真的，在病房守岁的这个除夕，确实最有气氛，母亲、儿子、姐姐、姐夫、外甥女紧密地围在病床边有说有笑，我虽然不能吃不能喝，但我吃到的气氛，使我快乐无比。我知道，这样的气氛、这样的快乐，是我生命的源泉，病魔虽来势汹汹，我能抵御，我不会屈服。

没有不散的宴席。姐姐送母亲回浦东，儿子要赶去奶奶家拿压岁钱。病房里只剩下我了。我已经完全习惯了最后只剩下我的局面，这仿佛就是我的生活。

窗外的鞭炮声已此起彼落，新的一年将临。而新的一年对我意味着什么？我有预感：新的一年，为争取一个新的生命，我的生活也会是全新的。

2002 年 3 月 6 日　生命线

今天出院。终于回家了。像一只即将被放飞的鸟，我兴奋了一夜。虽然，我没有过也许不能回家的悲观情绪，但在拿到医生交给的出院诊断时，我才知道，我的胃是次全切除，少了一个重要器官，残缺了。整整一个月，接受了一次手术、一次化疗，可我闯过了第一关。回顾闯关的第一个月，不能不提到一位素昧平生的小草医生。哥哥赶来上海的第二天下午，带来一位老中医，说老有些过，那位中医看上去近六十的样子，天庭方正，红光满面，透过镜片的眼光，精神又祥和。哥哥介绍说，老中医名游默，刚出版一本名为《小草养生治病》的书，收集了不少流传于民间的一些神奇秘方。一听说老中医有神奇之功，我不由地振作。但在哥哥他们进门之前，我因为上午多次腹泻，气虚神散，人也软塌塌的，像只倒空的布袋。哥哥一脸紧张，眉头皱成了大疙瘩：你脸色很不好，怎么啦？但游默医生走到我床边，口气却轻松：你看起来不错么，比他们讲的要好得多。我马上表白：我在拉肚子，否则，脸色还要好。这时，护士送来一碗红豆粥，游医生说：趁热喝两口，你脸色马上就会缓过来。受到鼓励，我像个听话的小女孩，一口接一口地吃起来。半碗粥下肚，游医生放开沙哑的嗓门欢声地喊道：你们看，你们看，我们一来，阳气充足，她脸色马上不一样了吧。他哈腰，一边摘下眼镜一边拿起我的手仔细端量。

游医生，你会看手相？我积极配合，尽量撑开手指，让掌上那些横横竖竖、支支叉叉的纹路显现得更明确、更清晰。

游医生换了一副小框的老花镜，眼光只盯着我的手腕处。曾经也被人看过手相，略知一二，那地方大概有生命线。至于事业、爱情什么的，对于现在的我，可以完全忽略不计。果然，游医生只说了一句话：你的生命线很长啊！

一句顶一百句。我顿时眉开眼笑。

星儿，你放心了吧？！人民出版社的陈黎黎把头凑到我手上，她是《小草养生治病》一书的责任编辑：游医生还给我一部专门研究手相的书。

什么时候出版？！我的心情似乎比作者本人还迫切。我是有私心的，显然，我希望我的生命线确实被游医生说中。而说中的前提是：所谓手相，必须有科学依据。

我们社领导还要审稿呢。黎黎回答。

出不出版都没关系。我家里有底稿，星儿老师想看吗？游医生口气慷慨，像对待老朋友。

想看，想看。我又急忙纠正道：但别叫我老师啊！

等你出院吧！

那当然。

其实，我恨不得马上看到，我需要证实这句话：你的生命线很长！

游医生看了我的手相便匆匆告辞，仿佛给生命线很长的病人开了药方，他就可以放心地离开了。可我知道，在我病床周围的亲友，只把游医生看手相当游戏、当玩笑而已，没有一个人会记住他对我的判断，更没有一个人在意我内心的反应。而且，是在华山医院的病房里看手相、谈生命线，说起来，有点大逆不道。关于看手相，始终被当作迷信、把戏、歪门斜说，我却如获至宝。虽说，以前也有过让人看手相的事，事业、爱情的听人说一通，我听过算数，也不往心里去。但这一次不寻常，谁也不会用玩笑和游戏的方式对一个身处厄境的病人说长道短，游医生一定是对自己的眼力和经验有充分的自信，才这样从容断言。我相信这断言决不是安慰，更不是信口开河，——你生命线很长——这对于我，是一语中的，是一诺千金，是一言九鼎。当然，人都爱听好话，只是，当生命深受威胁时，还有什么好话比这样的断言更刻骨铭心呢。我情不自禁地抓住这句好话，就像一个溺水者抓住一根救命稻草。

的确，当我被一片担忧的气氛紧紧包围时，在我的意识深处，多么迫切地需要听到一些有利的好话，来支持我、支撑我对生命建立信心。在疾病面前，医生的挽救是外因，自己对自己的挽救是内因——外因通过内因起作用——这样的道理虽然熟谙于心，但真要做到自己救自己，确实不容易。残酷的诊断，使一向比较乐观的我，信心倍损。可我还算幸运，居然有人那么及时、那么肯定地对我说出了不必担忧的预言。我知道，我如果把这预言当真说出来，所有的人都会不以为然，甚至嗤之以鼻，我在心里却暗暗对自己说：你必须无比坚定地把生命线很长的预言当作信念。

生命到了闯关的时刻，信念是关键。

人生的路都不平坦。我也曾闯过不少沟沟坎坎，那些挫折，说小也不小，但比起这一次就算不了什么了。而曾经的艰难，深深浅浅磨砺了我，再遇难关，我比较沉着了，我告诫自己：对看似过不去的险关隘口，别慌乱，千万不能被吓住，吓破了胆，不知所措了，那么，生命只能停止在这样的险隘面前。而闯关的勇气，往往是被看似给扑灭的。那些险象、险情，猛一看或猛一听，确实危言耸听、触目惊心，让你不战自败。所以，是内心的需要，是深刻的潜意识，让我必须坚信手相显示的生命预言，这预言破除了看似过不去的迷雾，它告诉我，包围我的险象与险情，是过得去的，只要保持住信心，并拿出一点不甘心、不服气的劲头，就会发现，天无绝人之路。

我开始常常摊开自己的手心，凝视那些与我生命紧紧关联的粗粗细细线条。据说，我们的掌纹，是随着人的总体变化而变化的，当然，这种变化是微妙的、是神奇的，肉眼看不到，但它们构成的任何一个不规则的图案，都是独一无二的。我的掌纹，便是关于我的图案。每当我与自己的手心对视时，我会觉得这是自我沟通，无言的，心领神会的。俗话说：十指连心，可见，人的一双手、十个指同传情的眉目，也是心灵的窗户，手掌、手纹、手指的形态、色泽，也是反应人的内在和内心的。而现代中医对人体的解释更具体、更生动，中医认为，在人的手掌与手指内布满了神经与经络，并与体内的神经、经络连网，不断向大脑输送各部门的信息与情报，大脑把接收的信息加以集中处理，再反馈到连网的几个主要屏幕上，就会显现出体能与精神的不适或病症。而手相的显示，就是人体网络上一块非常主要的屏幕。其实，当今最时髦的信息工程，早在几千年前，我们传统的中医医学，已经把人体视为一个复杂而神秘的信息网。

由此，我对我生命线很长的信念，越加坚定，因为，我在自己身体的信息网上，能捕捉到最细致入微的感受。我愿意相信，手掌上的纹路，就是一种不可忽视的、某种信息的显示啊。

能够按时出院，不就是一个很好的信息吗！

出院的心情好极了。明亮的霞光也早早地赶来送我，暖暖地洒满一房间。坐在床沿，披着早春的霞光，我欣欣然地祝福自己：早春，万物复苏啊，能在初春治疗、康复，应该是个好兆头。春风吹又生，而万物之中，我似一棵又拱出冻土的小草，张着新叶，我会贪婪吮吸，我会努力生长。

2002年3月7日　小鸟，你好！

黑色的桑塔纳开出医院大门，我立刻摇下车窗，探出头，心飞翔了，是一只冲出笼子的小鸟。乌鲁木齐路、华山路、常熟路、延安路，这些非常熟悉的马路和路边的大店小铺，仿佛都焕然一新，我目不转睛，欣喜不迭，像个好奇的孩子一头扎进偌大的玩具世界，看什么都新鲜、都兴奋。生活真好，真好啊，这是由衷的，从来没有过的体会，看街上每一个匆匆而行的陌生人好像都是亲切的，看上去每一辆忽忽而过的轿车、电车仿佛都是可爱的，迎面扑来的一切的一切，虽然平常得不能再平常了，我的感受却是非常的，在我看来，每一样平常的东西都充满着生的气息与活的力量——生活——我第一次用心体会到这两个简单却包容世界的字义。更值得庆祝的是，我又回到了生活中。真是太好了！

而一个月的禁闭，我似有一种脱胎换骨的感觉，那个总在埋头赶路、急急匆匆的我不见了。每天清早下楼去散步，扶着楼梯冰凉的铁杆一步一步往下挪，脚步踩不稳，摇摇晃晃的，又同刚会走路的孩子。而最像孩子的，是眼光的变化，一些在过去很少会引起我注意的东西，一一地进入我视线：首先是楼外靠围墙的那排冬青，由于低矮，以前根本不在我眼里，但在出院第二天，我试着下楼，刚迈出门，迎面所见的就是那排齐腰的冬青已笼着一层参差不齐的新叶，在争先恐后地往上冒，鲜润的新叶，油嫩油嫩的，嫩得像婴儿的心，嫩得让人不忍走开。我停在树丛前，像碰摸炫目的肥皂泡一样小心地捏了捏那逼眼的嫩叶时，我的指尖如过电似的被那饱含新生的嫩触动了，有一股热热的、流动的东西从手指一直通到心底，我感觉，那是一种生命的东西。

有一大簇细密的枝条，没吐叶子，却已爆出层层叠叠的小花，一片片小巧细润的花瓣，金黄的，灿烂的，不声不响但蓬蓬勃勃、耀眼夺目。走过花丛，我伫足不前，好像有一股引力悄悄地包围我，吸住我的脚步，我知道，这吸引力是一股生命的力量。

而在晨风的吹拂中，新吐的嫩叶和初放的小花，隐隐地飘散着清纯的气息，这不含丝毫尘埃的清纯，是生命最新鲜的时刻，一年只有一次，就像婴儿的满月在人生中只有一次，是难得的瞬间。我又回身，再缓缓地扫视那些新叶，同时用力呼吸，这难得的新鲜和清纯，哪怕多看一眼、多吸一口，这对我受损、虚弱的身体都是最好不过的养料，我需要新生，需要成长，需要冥冥的神力助我一臂、推我一把。而当我走过这些在早春、在晨曦里饱含希望的小树和小花时，我的心突然被启迪了，豁然开朗：冥冥的神力就存在于天地之间，就是大自然的赐予，就在我身边，看你是否能发现、是否能感受。

这时，有几只小鸟从半空斜着飞下，雀跃地掠过冬青和小花，并叽叽啾啾地啼啭，轻快，清脆，单纯，这是天籁之声，如同深山里叮咚的泉吟。我屏息凝神，仔细静听，叽啾——叽啾，这是一种生命的声音，在这嘈杂喧闹的世界里，无论风霜雨雪、电闪雷鸣，小鸟们却始终如一地雀跃、欢叫，用那么纯粹单一的声音过滤一切。我的心也顿时被过滤了，沉淀下所有的杂念。

在鸟语花鲜的清晨，我的心空了、净了。

但在过去终日忙碌的时候，虽然天天与这排冬青擦肩而过，也常见小鸟在窗外的树木间飞来飞去，我却熟视无睹，根本不可能留意这些花花草草，与听而不闻的鸟叫，更不会产生共鸣。心，没有一刻是空的净的，还自以为很充实、很强大，无所不能。而有了空与净的体验，我才理解了清静以养神的涵义，只有清虚静定，才能真正发挥人的潜能，表现出更大的智慧。战胜疾病、重建生命，尤其需要智慧与潜能。大自然真的对我无比恩爱，帮我推开了心灵的又一扇窗户，让我发现新叶、小花和宛转的鸟叫，体会空与净的境界，并领会着天地与我并生，万物与我为一的神爱与大爱。

从那以后，我似乎懂得了感恩，对每一片阳光，对每一阵清风，对每一朵白云，对每一排绿荫，对草丛里被我看到的每一茎野花，我都会欣然地表示感谢，是它们带给我好心情，是它们让我体会自然与生命的美妙。其实，只要活着，在我们身边时刻都有美妙的东西存在；其实，只要能真心看待身边这些美妙的东西，并能融为一体，我想，我就能好好地活着了。这就是所说的天人合一吧。

初春果然给了我复活的灵性，我每天早早醒来，在晨光乍明时便振作精神出门去听鸟叫、去呼吸新鲜空气。清晨的风爽爽的，仿佛被水洗了一夜，而临风迎霞，怡然地走到大树下，我会仰起头向大树问好，然后，再对小鸟们说一声：小鸟，你早啊！

叽啾——叽啾，小鸟们好像听懂了我的问候。在冥冥中，生命与生命本来就是互通的、关联的，而且是能对话的。

2002年3月16日　上帝的奖赏

接到宗福先用手机打来的电话，他说，他和安忆正在徐家汇专门吃海鲜的天天鱼港给我买鱼刺汤，一会儿就到。果然，不出半小时，他们捧着一大盒鱼刺兴匆匆地上楼，我一开门，一股特别的香味迎面扑来。安忆一边催我趁热赶紧吃，一边玩笑地说：装得太满，轻轻一晃，鱼刺汤洒出来了，车里鲜气四溢，把我们都馋坏了。

我打开还烫手的塑料盒，抿一口浓浓的、鲜美的鱼刺汤，一滴眼泪落进了汤里，我立刻低头掩饰，手里的勺子加快速度地往嘴里运送。安忆看我吃得很香，特别高兴，宽慰地告诉我说，她一个朋友也在化疗，她丈夫经常陪她去徐家汇的天天鱼港吃鱼刺，据说是对化疗的恢复有作用。经常吃不起，十天、半个月，还是可以的。安忆自言自语。

你们千万不要再这样跑来跑去的。我立刻摆手。我于心不忍。安忆家在长宁区，宗福先新搬的家靠近辛庄了，他们拐了大半个上海，才把一盒鱼刺送到浦东，即使鱼刺再有作用，我也不能这样麻烦朋友啊。可听说我生病，一些在外地、在外国的朋友更不远千里、万里地送来关心，作家出版社当编辑的一位朋友，坐飞机捧来一瓶养在牛奶里的西藏的雪莲，那天，她从虹桥机场直奔我家，安忆也等着，她们要看着我喝下特制的酸奶才放心，藏药的神秘仿佛真能逢凶化吉。

我心领神会，朋友们都在帮我，只要听说吃什么、喝什么对治我的病有利，他们会尽力去做，千方百计。我心存感动和感激，住院以来，我不孤独、不沮丧，因为总有朋友在支持、支援我，这一次与疾病的拔河，不仅是我自己，我身后还有一群朋友，他们在一起为我出力。众人拾柴火焰高，手里擎起这把火炬，一定能重新点燃生命。我根本没理由灰心。我知道，对付疾病，我所拥有的这些朋友，要比鱼刺、比雪莲、比任何补品更有价值、更有作用，我能感觉到他们的友情就足够了。手术那天，作协的朋友们都等在手术室外，一等就是六七个小时，有个护士走过，随口问道：今天手术室里有重要人物？外面怎么等了那么多人？！

我当然不是重要人物，可重要的是，我幸运，有那么多朋友，一次次地帮我战胜磨难。虽说，磨难是一种净化和考验，是上帝特别的奖赏和特别的看重，但我很难想象，曾经历的那些磨难，如果没有朋友伸出手拉我一把，我能否经受考验而达到净化？在我生活与生命中，磨难与朋友，一直在伴我而行，对我而言，友谊胜过了爱情。

昨天，又同时收到两位朋友的信，一位是始终没见过面的读者，她来信告诉我，她陪母亲去青浦灵恩堂参加一些老年基督徒的聚会：在灵恩堂，每天清早梳洗完毕，我便独自一人进礼拜堂面对十字架，藉着祈祷挽上帝的手，求告上帝，让病中的上海作家陆星儿遇到最好的医生，并给她以信心和力量。还有一位是我儿时在少年宫戏剧队一起活动的小伙伴，她从旧金山寄来一个音乐摆饰，是一块透明的有机玻璃，有杂志那么大，嵌在玻璃中间的一幅淡雅的小画上，诗一样地排列着几行草写的英语，诗句的大意是：

当人们在你的好时光来到你身旁，感动你的心，但那些在你经历艰难时陪伴你的朋友，感动你的灵魂！

读着朋友们的来信，我才真正理解了为什么《圣经》说磨难是上帝的奖赏和看重。短短两个月，我收获着还不清的友谊，灵魂时时地被感动、被净化，难道，这不是生活所给予的最高尚、最珍贵的奖赏与看重吗？生命有长有短，但是，感动灵魂的精神是永恒的，是不灭的。

朋友啊朋友！

在风中

□ 赵丽宏

如果没有风吹来，一切都是静止的。

树，草，花，湖泊，海洋，甚至沙漠……这世界上的一切有生命的或者无生命的，在无风的时刻都成了凝固的雕塑。

是风改变了它们的形象，打破了它们的宁静，使它们变得充满了兴致勃勃的生命活力？风，果真有如此神奇的魅力？

那一年在庐山，我曾经为山顶如琴湖的静态而惊奇不已。

那是在傍晚时分，无风，我散步去湖畔。湖畔的树林里，枝叶纹丝不动，一切都沉默着，只有几只已经归巢的鸟雀，偶尔发出一两声梦呓般的鸣叫。这鸣叫非但没有破坏林中的静寂，反而增添了几分幽静。穿过树林，就看到了湖。呈现在我眼前的是一个静极了的湖。碧绿的湖面平滑得如同一面巨大的明镜，镜面上没有一丝半点的裂纹和灰尘，这样的静态，简直有些不可思议。湖畔的树木，远方的山影，还有七彩缤纷的晚霞，一无遗漏，全部都倒映在这面镜子中，这是一幅宁谧辉煌、略带几分凄凉的画，那种静止的瑰丽和缤纷竟使人感到了一种虚幻，使人禁不住发问：这是真的吗？大自然是这样的吗？我突然想，要是有一点风，那有多好，眼前的风景也许会活跃美妙得多。

就在我为风景的过于静谧感慨遗憾的时候，突然地，就刮起风来。不知道这风来自何方，开始只是感觉头顶的枝叶打破了它们的沉默，发出一片窸窸窣窣的声响。接着，就看见原先像镜子一般的水面微微起了波动。细而长的波纹从湖边轻轻地向湖心荡开，优雅得就像丝绸上飘动的褶皱。波纹不慌不忙地荡漾着，湖面上那幅宁谧辉煌的画随之消失，变成了一幅印象派的水彩画，无数亮光和色彩搅和在一起，显得神奇莫测……

风渐渐大了起来，湖畔的树木花草开始摇动起来。枝叶的摩擦声也渐渐响起来，一直响到整个世界都充满了它们的呼啸和喧哗。实在无法想象，几秒钟前还是文质彬彬、悄无声息的绿色朋友们，一下子竟都变得这样惊惶不安，变得这样烦躁。

再看湖面，波纹已经失去了先前的优雅，变成汹涌的波浪。波浪毫无规则地在湖中翻涌起伏，就像有无数被煎煮的鱼儿，正在水下拼命挣扎游蹿……而湖面的画，消失得无影无踪。只有变得浑浊的湖水，翻卷起无数青白色的浪花……

我久久地凝视着在风中失去了平静的湖水，倾听着大自然在风中发出的无数歌唱、呻吟、呼啸和呐喊，原来那种平静的心情烟消云散。和这风中的自然一样，我也开始烦躁起来，种种的失落、种种的不愉快和不顺心，如同沉渣泛起，搅乱了我的情绪。我离开了湖畔，回到住宿的旅馆里。那是一个风雨之夜，风声雨声在窗外响了整整一夜，使我难以入眠……我已经无法记下那一夜我的思想和情绪，记下来恐怕也是一片混乱和芜杂，就像在风中飘摇摆动、纠缠在一起的树枝和草叶……唉，大自然起风与我何干，我为什么如此触景生情，这样自寻烦恼呢？

第二天早上起来，竟又是一个阳光灿烂的大晴天。昨夜猖獗了一夜的大风，早已不知去向。从窗外传进来的，只是低回百啭的鸟鸣。也不知为了什么，一起床我就往湖畔跑。我想知道，昨晚在风中消失的那个宁静优美的世界，会不会重新回来。而这种突然来临，又突然消失的宁静，仿佛已经离我非常遥远。

依然是先穿过树林。树林和昨天傍晚未起风时一样，地上的花草和头顶的树叶都处于静止的状态，只有轻柔的晨雾和迷蒙蒙的阳光，在树枝和绿叶间飘动。林中的鸟儿们居然也不知飞向何方，仿佛是为了让我看到和听到一个绝对安静的树林。而昨夜的风雨，还是在树林中留下了痕迹，那是从树叶上滴落下来的水珠，一颗一颗，晶莹而冷冽，无声地滴在我的脸上……

湖，又恢复了它的静态。水面略略升高了一些，湖水也不如昨天那么清澈，那是一夜雨水汇积的缘故。然而它的平静却一如昨天傍晚，依然是一面巨大的明镜，仰望着彩霞乱飞的天空。倒映在湖中的树木、山峰比傍晚看起来更加青翠，也更加清晰，而漫天越来越耀眼的早霞，使得如镜的湖面光芒四射，叫人眼花缭乱……同样是静止的画面，昨天的那一幅使人在感觉辉煌时也感觉到凄凉，而今天这一幅，辉煌依旧，却无凄凉之色。而且，随着太阳的升高，湖的光芒越来越耀眼，终于耀眼到使我无法正视……这时，山中又起了风，湖面上波纹骤起，在耀眼的亮光中，再也不可能看清楚波纹的形状。消失了山林倒影的湖水，顿时成了一片熊熊燃烧的火海……

我闭上眼睛，尽量不去想此刻正在我眼前如火海一般烈焰腾腾的湖面。我不喜欢这样的景象。这时我心里出奇地平静，我很清楚自己向往的是什么。风声在我的耳旁打着唿哨，头顶的叶子也是一片窸窸窣窣之声。然而，我的脑海里，却出现了昨天傍晚看见的那个宁静安详的湖，出现了那一幅辉煌而略带凄凉的画面……这正是我要寻找的画面。我想，只要我静下心来思考，我的眼前可以出现我曾看见过的任何一幅画面。无论是有风时的湖，还是无风时的湖。因为，不管是有风还是无风，湖总是那个湖，它的质量决不会因为风而发生变异。风不为谁的意愿而来，湖也不想用自己不同的姿态来取悦任何人。所有一切风景之外的联想，都是因我自己的情感和思绪所致。“夫风者，天地之气，溥畅而至，不择贵贱高下而加焉。”宋玉在两千多年前发出的感叹，在现在人心中居然还能产生共鸣。

我想，在这个世界上，我们其实和一棵树或者一个湖一样。我们原本都是平静而安宁的。然而身外来风常常是出其不意地出现，你永远无法预料它们什么时候会吹过来，毫不留情地打破你的平静和安宁。谁也不能阻止风的到来，谁也不能改变风的方向和强弱。它们带来的可能是灾难，也可能是快乐和幸运。于是，对风的畏惧和希冀，使原本恬淡的生命，变得浮躁不安了，很多人再也无法忍受无风的生活，而是在以不同的心情等待着风的来临。这样，无风的时刻，生命便不会是凝固的雕塑了，尽管表面上看起来很平静。在这个世界里，最多变的，其实是人。这是人的优势，也是人的悲哀。

而当风吹来的时候，又会怎么样呢？是呜咽抽泣，还是劲歌狂舞，是保持着本来的形状，还是随风摇摆，成为风的指路牌？当然，还有一种可能，就是被大风拦腰折断……

在风中，我会成为怎样的一种风景？我会不会失去自己呢？仿佛是为了回答我的困惑，我头顶上的树叶在风中发出了极为动听的娓娓细语，这低吟浅唱般的细语决不会将人的思绪引向险恶之处。我的心中，又出现一首关于风的诗：

听，风在树林里

弹奏着天上的交响曲

风啊，风啊

你这弹琴的老手

我的心弦轻轻地被你无形的手拨动

风啊，风啊

你这弹琴的老手……

记不清这是谁写的诗了。此刻，这首诗以奇妙的方式给了我一个巧妙的答案。我想，作为一个艺术家或者文学家，心里应该有一根不断的琴弦，不管风从什么地方来，不管来的是微风还是狂风，我心中的琴弦自会在风中颤动出属于我自己的音乐。谁也不能改变我的声音……是的，风只能使我的心弦颤动，但决不能改变这心弦固有的音律。

等我再看眼前的湖水时，微风正从湖面掠过，只见湖面上泛起了一片片细密而整齐的波纹，就像是金鱼的鳞片。这时，站在湖边能感觉到微风扑面。这微风中的湖，是一条金光闪烁的大鱼了……

离开如琴湖时，我似乎若有所失，也似乎若有所得。

在柳树的臂弯里

□ 刘心武

不止一次，村邻劝我砍掉书房外的柳树。四年前我到这温榆河附近的村庄里设置了书房，刚去时窗外一片杂草，刈草过程里，发现有一根筷子般粗、齐腰高、没什么枝叶的植物，帮忙的邻居说那是棵柳絮发出来的柳树，以前只知道“无心插柳柳成行”的话，难道不靠扦插，真能从柳絮生出柳树吗？出于好奇，我把它留了下来。没想到，第二年春天，它竟长得比人还高，而且蹿出的碧绿枝条上缀满二月春风剪出的嫩眉。那年春天我到镇上赶集，买回了一棵樱桃树苗，郑重地栽下，又查书，又向村友咨询，几乎每天都要花一定时间伺候它，到再过年开春，它迟迟不出叶，把我急煞，后来终于出叶，却又开不出花，阳光稍足，它就卷叶。更有病虫害发生，单是为它买药、喷药，就费了我大量时间和精力。直到去年，它才终于开了一串白花，后来结出了一颗樱桃，为此我还写了《只结一颗樱桃》的随笔，令它大出风头。今年它开花一片，结出的樱桃虽然小，倒也酸中带甜，分赠村友、带回城里全家品尝，又写了散文，它简直成了明星，到村中访我的客人必围绕观赏一番。但就在不经意之间，那株柳树到今年竟已高如“丈二和尚”，伸手量它腰围，快到三拃，树冠很大又并不如伞，形态憨莽，更增村邻劝我伐掉的理由。

今天临窗重读安徒生童话《柳树下的梦》，音响里放的是肖斯塔科维奇沉郁风格的弦乐四重奏，读毕望着那久被我视为赘物的柳树，樱桃等植物早已只剩枯枝，唯独它虽泛出黄色却眉目依旧，忽然感动得不行。安徒生的这篇童话讲的是两个丹麦农家的孩子，两小无猜，青梅竹马，常在老柳树下玩耍，但长大后，小伙子只是进城当了个修鞋匠人，姑娘却逐渐成为了一位歌剧明星，这既说不上社会不公，那姑娘也没有恶待昔日的玩伴。小伙子鼓足勇气向姑娘表白了久埋心底的爱情，姑娘含泪说：“我将永远是你的一个好妹妹——你可以相信我。不过除此以外，我什么也办不到！”这样的事情难道不是在每个民族、每个时代都频繁地发生着吗？人们到处生活，人们总是不免被时间、机遇分为“成功者”与“平庸者”“失败者”，这就是命运？这就是天道？安徒生平静地叙述着，那小伙子最后在歌剧院门外，看到那成为大明星的女子被戴星章的绅士扶上华美的马车，于是他放弃了四处云游的打工生活，冒着严寒奔回家乡，路上他露宿在一棵令他想起童年岁月的大柳树下，在那柳树下他梦见了所向往的东西，但也就冻死在了那柳树的臂弯里。我反复读着叶君健译出的这个句子：“这树像一个威严的老人，一个‘柳树爸爸’，它把它的困累了的儿子抱进怀里。”

比从未成功过的人更惨痛的是，很多人的“成功”也就一度而已。“江山代有才人出”，“成功新秀”往往对“过去”的“成功者”“老实地不客气”。几年前我还赴过一次“坛”上的饭局，席间一位正红紫的人士听到有人提到一位老同行，绝无恶意，很自然地说：“他还写个什么呀，别写啦！”当时我虽面不改色，心中着实一痛。那也是后来我退出“坛”争，自甘边缘存在的原由之一。现在面对窗外的柳树，我再一次默默地坚定自己朴素的看法，那就是平庸者和失败者也一样有为人的尊严。那位被如日中天的成功者敕令“别写啦”的老同行，当然有继续写作的天赋权力，写不出巨著无妨写小品，记得那天报纸副刊末条是他的一则散文诗，淡淡的情致，如积满蜡泪的残烛，令人分享到一缕东篱的菊香。

中央电视台有《艺术人生》节目，每次请的嘉宾都是名副其实的明星，其手法之一，是忽然请出明星昔日的同学、同事、邻居，大都是仍旧平庸的社会存在。他们或动情地忆及被明星坦言忘记的琐事进行颂赞，或举出明星宁愿被他人忘却的尴尬事小作调侃，主持人则居中将社会宠儿与社会庸常以情感的链条勾连，也就使一般受众在观赏中对成功/未成功的对立状况获得心理润滑，那时荧屏上的声画往往会惹人眼热鼻酸。

我会更好地伺候窗外的樱桃明星，我不会伐去那自生的陋柳。手持安徒生的童话，我目光更多地投向那株柳树，柳树的臂弯啊，这深秋的下午，你把我困累的心灵轻柔地抱住。

一棵树

□ 陈　武

多少年了，它一直屹立在悬崖上。

夜里下了一场小雨，山崖上流下涓涓溪水，溪水滑过大树的根部，那些蛛网一般紧紧扎进山体的根须，会尽情地吮吸，然后倾听溪水敲击岩石的声音，仿若奏出的美妙乐章，也仿佛山那边人家的草屋里传出的小曲，那是一位山姑弹奏的抒情小调，听起来让人心醉神迷；有时候呢，琴手又像个顽皮的孩子，在琴键上乱弹，琴声毫无韵律和节奏，但同样凝结着欢乐、梦幻、忧郁和悲凉，并且充满着纯粹的大自然风情——这是夏天的大树。风从四面吹来，树叶青翠地簇拥在枝头，于风中尽情舞蹈，它的老干枯枝，也在这样的季节里焕发了青春，就连枝干上陈年的疤结，也同样被葱葱郁郁的绿所感染，欢欣着，鼓舞着，以自然、朴素的姿态，甚至优雅、甜美的笑脸，领会并欣赏着周遭的美丽和丰姿，此时的大树，和着美妙的乐曲成为了青春的化身，朝气盈盈，蓬勃昂扬。

在渐渐迫近的秋日中，大树的叶子黄了，是那种惊艳的黄，像刚刚萌生出来的新芽，黄得透明，黄得纯粹，黄得鲜嫩，没有一丝一毫的矫揉造作，却有着初生一样的美丽。小鸟从树下飞过，风也从树下飞过，都能感到树的巨大和无边。它们好生奇怪，枝条上的叶子密密匝匝，排列有序，枝和枝比肩摩挲，叶和叶相互簇拥，在秋霜的数次侵袭下，怎么不落一叶下来呢？按理说，这个季节，落叶，才是树木的常态，可大树的叶子，像相互约好了似的，没有一叶先期掉落。

然而，冬天毕竟光临了大树，在一个无风的早上，满树的黄叶开始凋谢，一片一片的，它们决不一拥而下，像是按照事先设置的程序，一片叶子，从树枝上飘然而下，紧跟着，又一片叶子，悠悠然然，落在山石和枯草上，金灿灿如蜡染一样，华丽，静美。风轻树静，天蓝如洗，黄叶是那样的干净，让人禁不住屏息敛气，心里悄然盈满了沉静和从容，而对它的富丽和华贵，又禁不住滋生出敬仰之情。是啊，那落满一地的黄叶，和整体的山绿相互交融，相互映照，一点也不觉得它的凄凉和苍茫，相反的，却有一种生命再生的壮美。其实这没什么好伤感的，凋零和复生本身就是生命统一的交响，随着一声断裂，一柄黄叶离开了相伴一生的枝头，落向了轮回的大地，化成植物土壤，再退还给大树。

春天吹响了轻快的舞曲，吹醒了大树的枝干，最早的一星黄芽从干褐色的树枝上拱出，有些羞涩和胆怯。紧跟着，一根根枝条上便抽满了新芽，尽管整个空气中还零落着冬日残留的寒气，风里也挟裹阵阵凉意，但春的讯息还是让万物复苏了，雨丝轻打着大树，夜露滋润着大树，就连山雀的鸣叫，也在树枝上划过清越的声响，在那灵动、婉转的刹那，绿叶像嫁衣一样新鲜、别致，装扮了古老的大树——又一个年轮开始了。

一样的春花明月，一样的山岚轻雾，一样的含蓄深远，一样的婉转细腻，一样的缠绵悱恻，树儿自由地生长，叶儿轻声地歌唱……

在无尽的岁月中，大树经历的风雨，经历的霜雪，经历的雷电，或者说经历的喜乐悲伤，几乎囊括它生命的全部。

然而，不得不令人肃然起敬的是，这棵存留于山崖的大树，书写的是自己的历史，它不会因其不同的境遇而改变自己的面目，不因其萧条和冷漠、不因其繁茂和缤纷、不因其庄严和沉静等不同的姿态给每一个观瞻者带来枯燥和折磨。它依然如一部经典的史籍，让后来者常读常新，永远闪耀着智慧的光芒，就如同我们手中的笔，凭借着对生活对命运对社会的理解，以带有自己鲜明个性的文字，书写一个个撼人心魄的瞬间。人们会透过这棵屹立千年的大树，看到人类历史和自然历史另一幅生动的风景，看到追求，看到思念，看到对美好事物的怜悯，对宁静生活的向往，对过去风云的追忆，对自然环境的体察。

这是自然的法则。在自然的法则里，我们领会的是感怀，是千古不变，是息息相通，是抚慰内心和舒展胸臆。

名士和隐士

□陈　武

常听某人称自己是“名士”，或“名人”，或“大名头”。有时候为了衬托自己，会强行把我拉进“名人”或“名士”的行列。我不敢当，汗颜，脸红，像被人揭了短，再三推脱，说自己什么都不是，不过一普通写作者而已。

但，好像没什么效果，对方反而说我矫情。我脸更红了，因为我并未矫情，是说内心话。

时至今日，自称“名士”的人越来越多，可以用“层出不穷”来形容，甚至有人自我陶醉地说，做个地方上的“名士”也不错啊。

名人、名士这两个词，字典里是怎么解释的，暂且不管，就我粗浅的理解，名人和名士都不是自己说的，也更不是自己吹出来的。“是真名士自风流”。那么什么是真名士呢？字面上还真不好说，理论上似乎也没什么根据，这就是各人不同的理解了（像上述某人，权当也是一种理解吧）。不过有个例子倒是可以从中看出一点端倪的。当年的俞平伯先生，在清华讲唐宋诗词的课，闭着眼睛背一首唐诗，摇头晃脑的，只顾自己沉浸在诗词境界里，然后，突然睁开眼睛，连说几个好。学生正等着他解释怎么个好，他却又背另一首诗了。仔细想来，好诗真的是不好解释的，那叫只可意会，不可言传，真的解释出来了，反倒是索然无味了。有人不是把唐诗译成白话诗吗？结果是什么呢？挨累不讨好。也是这个上课时摇头晃脑的俞平伯，有一天突然剃了个光头，在洋味十足的清华园里引起全校轰动，校刊上还有调侃文章，说他要去做和尚了。俞平伯依旧是怡然自得泰然处之，继续在课堂上闭眼背诗，连声说：好！好！好！有人私底里感叹说，这就是名士，真名士。

与之相反的是另一位才子叶公超先生，总是绸缎长衫、皮袍马褂，绸裤子上用丝带系紧裤腿，丝带的颜色颇为鲜艳，讲究和裤子的颜色搭配，还把丝带结成蝴蝶结状，随着走路的节奏而颤抖。他自盼自嬉，自我欣赏。学生都在背后笑他：先生是在那里学名士。

一个被喻为真名士，一个被笑成学名士，对照二位先生一生的才学和言行，是不是很贴切啊。

《俞平伯全集》里有俞先生的数张照片，都是一色的中式裤褂，圆口布鞋，布鞋里是一双赤脚。照片上的俞先生面色安静，几十年未曾变过，想必那是内心透出的吧。

后来叶公超先生在西南联大的教职任上去当国民党政府的外交部长，有人可惜他一肚皮的学问荒废了。这个观点，季羡林先生并不以为然，认为像叶先生那样做派的人，就是一个做官的材料，你能想象俞平伯先生去做外交部长的样子吗？所以，就连季先生，都认为他的恩师是装出来的名士，而俞先生才是真名士。

再说隐士。

我前几年在山东庄购一农居，有人说那是个好地方，山青水秀，适合居住和休闲。这话说到我的心窝里，听着舒服。但有个自称是“隐士”的人（此君也购有山居一幢），说我是要像他学习去当隐士，并且还告诫我，说我凡心太重，俗事太多，怕是做不成隐士。我听了心里嘣嘣地跳。首先，我没有当隐士之心；再者，隐士，那是些什么人啊？我们凡夫俗子，岂敢有那想法？再说了，隐士，也不是想当就当的。当隐士，是要有条件和资本的。鲁迅先生在《隐士》一文里，说到中国历史上有名的大隐陶渊明，他也是有“奴子”的。“汉晋时候的奴子，是不但伺候主人，并且给主人种地，营商的，正是生财器具。所以虽是渊明先生，也还略略有些生财之道的，要不然，他老人家不但没有酒喝，而且没有饭吃，早已在东篱旁边饿死了。”

所以，一听有人说我要做隐士，我立即就惶恐起来，怕我有攀附之嫌。但那个自称是“隐士”的人，也并不“隐”着，而是天天沉浸在麻将桌上。这叫什么“隐士”呢?

标榜自己想当隐士或自己就是隐士的人，就像说自己是名士或名人的人一个道理，一旦说出来了，那就不是隐士了。“非隐士的心目中的隐士，是声闻不彰，息影山林的人物。但这种人物，世间是不会知道的。一到挂上隐士的招牌，则即使他并不‘飞去飞来’，也一定难免有些表白、张扬。”还是鲁迅的话有力道。不知道“名士”“隐士”们读了之后，会作何感想。

“名士”或者“隐士”，就像“乡绅”一样，或许已经从我们身边消失了。

苦鸦子

□ 郑振铎

乌鸦是那么黑丑的鸟，一到傍晚，便成群结阵的飞于空中，或三两只栖于树下，“苦呀，苦呀”的叫着，更使人起了一种厌恶的情绪。虽然中国许多抒情诗的文句，每每的把鸦美化了，如“寒鸦数点”“暮鸦栖未定”之类，读来未尝不觉其美，等到一听见其声，思想的美感却完全消失了，心上所有的只是厌恶。

在山中也与在城市中一样，免不了鸦的干扰。太阳的淡金色光线，弱了，柔和了，暮霭渐渐的朦胧的如轻纱似的幔罩于岗峦之腰、田野之上，西方是血红的一个大圆盘悬在地平上，四边是金彩斑斓的云霞，点染在半天；工作之后，躺在藤榻上，有意无意的领略着这晚霞天气的图画。经过了这样静谧的生活的，准保他一辈子不会忘了，至少是要在城市的狭室中不时想起的。不幸这恬静可爱的山中的黄昏，却往往为“苦呀，苦呀”的鸦声所乱。

有一天，晚餐吃得特别的早；几个老婆子趁着太阳光未下山，把厨房中盆碗等物都收拾好了，便也上楼靠在红栏杆上闲谈。

“苦呀！苦呀！”几只乌鸦栖在对面一株大树上，正朝着我们此唱彼和的歌叫着。

“苦鸦子！我们乡下人总说她是嫂嫂变的。”汤妈说。

江妈接着道：“我们那里也有这话。婆婆很凶，姑娘又会挑嘴，弄得嫂嫂常常受婆婆的气，还常常的打她，男人又一年间没有几时在家。有一次，她把米饭从后门给了些叫化的；她姑娘看见了，马上去告诉她的娘。还挑拨的说：‘嫂嫂常常把饭给人家。’于是婆婆生了大气，用后门的门闩，没头没脑的打了她一顿。她浑身是伤，气不过，就去投河，却为邻居看见了救起，把她湿淋淋的送回家。她婆婆姑娘还骂她假死吓诈人。当夜，她又用衣带把自己吊死在床前了。过了几个月，她男人回家。他的娘却淡淡的说，她得病死了。但她的灵魂却变了乌鸦，天天在屋前树上‘苦呀，苦呀’的叫着。”

“做人家媳妇实在不容易。”江妈接着说，“像我们那里媳妇吃苦的真不少！”

汤妈说：“可不是！前半年在少爷家里用的叶妈还不是苦到

无处说！一天到晚打水、烧饭、劈柴、种田、摘豆子，她婆婆还常常的叽里咕噜骂她。碰到丈夫好些的，也还好，有地方说说。她的丈夫却又是牛脾气，好赌。输了，总拿她来出气，打得呀浑身是伤！有一次，她给我看，一身的青肿，半个月一个月还不会退。好容易来帮人家，虽然劳碌些，比在家里总算是好得多了。一月三块半工钱，一个也不能少，都要寄回家。她丈夫还时时来找她要钱！她说起来常哭！上一次，她不是辞了回家么？那是她丈夫为了赌钱的事，被人家打伤了，一定要她回去服侍。这一向都没有信来，问她乡里人也不知道。这一半年总不见得会出来了。"

江妈道："汤奶奶你是好福气！说是童养媳，婆婆待你比自己的女儿还好。男人又肯干，家里积的钱不少了，去年不是又买了几亩田么？你真可以回去享福了，汤奶奶！"

"哪里的话！我们哪里说得上享福两个字！我们的婆婆待我可真不差，比自己的姆妈还好！"

这时，一声不响的刘妈插嘴道："汤奶奶待她婆婆也真是好；自己的娘病，还不大挂心，听说她婆婆有什么难过，就一定要回去看看的了！上次她婆婆还托人带了大棉袄给她，真是疼她！"

汤妈指着刘妈向江妈道："她真可怜！人是真好，只可惜有些太老实，常给人欺负。她出来帮人家也是没法的。她家里不是少吃的、穿的，只是她婆婆太厉害了，不是打，就是骂，没有一天有好日子过。自从她男人死了，婆婆更恨她入骨，说她是克夫。她到外边来，赛如在天堂上！”

刘妈一声不响的听着她在谈自己的身世。栏杆外面乌鸦还是一声“苦呀，苦呀”在叫着，夜色已经成了深灰色了。

“刘妈，天黑了，怎么还不点灯？天天做的事都会忘了么！”她主妇的声音，严厉的由后房传出。

“噢，来了！”刘妈连忙的答应，慌慌张张的到后面去了。

“真作孽，像她这样的人，到处要给人欺负。”江妈说，“还好，她是个呆子，看她一天到晚总是嘻嘻的笑脸。”

“不！”汤妈说，“别看她呆头呆脑的；她和我谈起来，时时的落泪呢。有一次，给她主妇大骂了一顿以后，她便跑到自己房里痛哭。到了夜里，我睡时，还听见她在呜咽的抽泣！”

“想不到刘妈是这样的一个人，自到山中来后，我们每以她为乐天的痴呆人，往往的拿她来取笑，她也从没有发怒过，谁晓得她原是这样的一个‘苦鸦子’！”

这时，黑夜已经笼罩了一切。江妈说：“我也要去点灯了。”

“苦呀，苦呀”的乌鸦已经静止，大约它们是栖定在巢中了。

歌　声

□ 朱自清

昨晚中西音乐歌舞大会里“中西丝竹和唱”的三曲清歌，真令我神迷心醉了。

仿佛一个暮春的早晨，霏霏的毛雨默然洒在我脸上，引起润泽，轻松的感觉。新鲜的微风吹动我的衣袂，像爱人的鼻息吹着我的手一样。我立的一条白矾石的甬道上，经了那细雨，正如涂了一层薄薄的乳油；踏着只觉越发滑腻可爱了。

这是在花园里。群花都还做她们的清梦。那微雨偷偷洗去她们的尘垢，她们的甜软的光泽便自焕发了。在那被洗去的浮艳下，我能看到她们在有日光时所深藏着的恬静的红，冷落的紫，和苦笑的白与绿。以前锦绣般在我眼前的，现在都带了黯淡的颜色。——是愁着芳春的销歇么？是感着芳春的困倦么？

大约也因那濛濛的雨，园里没了秾郁的香气。涓涓的东风只吹来一缕缕饿了似的花香；夹带着些潮湿的草丛的气息和泥土的滋味。园外田亩和沼泽里，又时时送过些新插的秧，少壮的麦，和成荫的柳树的清新的蒸气。这些虽非甜美，却能强烈地刺激我的鼻观，使我有愉快的倦怠之感。

看啊，那都是歌中所有的：我用耳，也用眼，鼻，舌，身，听着；也用心唱着。我终于被一种健康的麻痹袭取了，于是为歌所有。此后只由歌独自唱着，听着；世界上便只有歌声了。

一九二一年十一月三日，上海。

匆 匆

□ 朱自清

燕子去了，有再来的时候；杨柳枯了，有再青的时候；桃花谢了，有再开的时候。但是，聪明的，你告诉我，我们的日子为什么一去不复返呢？——是有人偷了他们罢：那是谁？又藏在何处呢？是他们自己逃走了罢：现在又到了哪里呢？

我不知道他们给了我多少日子；但我的手确乎是渐渐空虚了。在默默里算着，八千多日子已经从我手中溜去；像针尖上一滴水滴在大海里，我的日子滴在时间的流里，没有声音，也没有影子。我不禁头涔涔而泪潸潸了。

去的尽管去了，来的尽管来着；去来的中间，又怎样地匆匆呢？早上我起来的时候，小屋里射进两三方斜斜的太阳。太阳他有脚啊，轻轻悄悄地挪移了；我也茫茫然跟着旋转。于是——洗手的时候，日子从水盆里过去；吃饭的时候，日子从饭碗里过去；默默时，便从凝然的双眼前过去。我觉察他去的匆匆了，伸出手遮挽时，他又从遮挽着的手边过去，天黑时，我躺在床上，他便伶伶俐俐地从我身上跨过，从我脚边飞去了。等我睁开眼和太阳再见，这算又溜走了一日。我掩着面叹息。但是新来的日子的影儿又开始在叹息里闪过了。

在逃去如飞的日子里，在千门万户的世界里的我能做些什么呢？只有徘徊罢了，只有匆匆罢了；在八千多日的匆匆里，除徘徊外，又剩些什么呢？过去的日子如轻烟，被微风吹散了，如薄雾，被初阳蒸融了；我留着些什么痕迹呢？我何曾留着像游丝样的痕迹呢？我赤裸裸来到这世界，转眼间也将赤裸裸的回去罢？但不能平的，为什么偏要白白走这一遭啊？

你聪明的，告诉我，我们的日子为什么一去不复返呢？

一九二二年三月二十八日。

绿荫下的杂记

□ 王统照

悲哀有时能给予人快感，而且相似将清凉的淡水给予孤泛重洋颠顿风浪中人作慰渴的饮料。凡人经过一度的深重，难以遗忘，难以恢复的悲哀，将必尝试到这种意味。类此事实及情绪上的描写，在文学作品中，不可数计；且多为极佳而感人的题材。拜伦之诗曰：

于是欺骗对我而喝采！虽已侦察出。却仍是欢迎着，然经过每种险难在人群的居中独余剩下我呵！

在悲哀以后中的感觉，虽花不能增其美，虽月不能助以清思，一切的自然，都成了低沉幽微的触感。但亦惟有此，而后方能对于人生的幻谜有彻底的了悟，从不幸的经验中，可以有种新鲜的感发，对花不仅知其美，对月不仅能感其清，而且分外有更深沉更切重的反悟。悲哀所以损人者在此，所以助人者亦或在此。

我在最近期中，曾得到一位朋友的长信，她有剧烈之悲哀的打击，令人不能思议得到，但我在此为友谊不能为之宣布。她的来信在笺末的几句话是：

“现在孤独漂泊的我，本可以重过 N 埠，不过孤独而凄凉的长途行程，使我望而生畏。下学期或仍至 S. M. 学校教书。我在此大概还有二十余日得勾留，这是因为我身体的缘故。

我现在对于一切无所希望，亦无所畏惧。我很了解我的命运，只配做一个孤独的漂泊者，因为我已对我的命运反抗过，结果却愈凄凉。

我很希望我成一个健忘者，忘去我过去的一切，不然，我的生命实无法延长……（下略）”这内中已含了无尽的悲哀的经验，但她也在同时得到无尽的教益了。

“血梯”

□ 王统照

中夜的雨声，真如秋蟹爬沙似的，急一阵又缓一阵。风时时由窗棂透入，令人骤添寒栗。坐在惨白光的灯下，更无一点睡意，但有凄清的、幽咽的意念在胸头冲撞。回忆日间所见，尤觉怆然！这强力凌弱的世界，这风潇雨晦的时间，这永不能避却争斗的人生，……真如古人所说的“忧患与生俱来”。

昨天下午，由城外归来，经过宣武门前的桥头。我正坐在车上低首沉思，忽而填然一声，引起我的回顾：却看几簇白旗的影中，闪出一群白衣短装的青年，他们脱帽当扇，额汗如珠，在这广衢的左右，从渴望而激热的哑喉中对着路人讲演。那是中国的青年！是热血沸腾的男儿！在这样细雨阴云的天气中，在这凄惨无欢的傍晚，来作努力与抗争的宣传。当我从他们的队旁经过时，我便觉得泪痕晕在睫下！是由于外物的激动，还是内心的启发？我不能判别，又何须判别。但桥下水流活活，仿佛替冤死者的灵魂咽泣，河边临风摇舞的柳条，仿佛惜别这惨淡的黄昏。直到我到了宣武门内，我在车子上的哀梦还似为泪网封住，尚未曾醒。

我们不必再讲正义了，人道了，信如平伯君之言，正义原是有弯影的（记不十分清了，姑举其意），何况这奇怪的世界原就是兽道横行，凭空造出甚么“人道”来，正如“藐姑射的仙人可望而不可即”。我们真个理会得世界，只有尖利的铁，与灿烂的血呢！平和之门谁知道建造在哪一层的天上？但究竟是在天上，你能无梯而登么？我们如果要希望着到那门下歇一歇足儿，我们只有先造此高高无上的梯子。用甚么材料作成？谁能知道，大概总有血液吧。如果此梯上面无血液，你攀上去时一定会觉得冰冷欲死，不能奋勇上登的。我们第一步既是要来造梯，谁还能够可惜这区区的血液！

人类根性不是恶的，谁也不敢相信！小孩子就好杀害昆虫，看它那欲死不死的状态便可一开他们那天真的笑颜。往往是猴子脾气发作的人类（岂止登山？何时何地不是如此！），“人性本恶，其善者伪也”的话，并非苛论。随便杀死你，随便制服你，这正是人类的恶本能；不过它要向对方看看，然后如何对付。所以同时人类也正是乖巧不过，——这也或者是其为万物之灵的地方。假定打你的人是个柔弱的妇女，是个矮小的少年，你便为怒目横眉向他伸手指，若是个雄赳赳的军士，你或者只可以瞪他一眼。在网罗中的中国人，几十年来即连瞪眼的怒气敢形诸颜色者有几次？只有向暗里饮泣，只有低头赔个小心，或者还要回嗔作喜，媚眼承欢。耻辱！……耻辱的声音，近几年来早已迸发了，然而横加的耻辱，却日多一日！我们不要只是瞪眼便算完事，再进一步吧，至少也须另有点激怒的表现！

总是无价值的，……但我们须要挣扎！

总是达不到和平之门的，……但我们要造此血梯！

人终是要慷厉，要奋发，要造此奇怪的梯的！

但风雨声中，十字街头，终是只有几个白衣的青年在喊呼，在哭，在挥动白旗吗？

这强力凌弱的世界，这风雨如晦的时间，这永不能避却的争斗的人生，……然而“生的人”，就只有抗进，激发，勇往的精神，可以指导一切了！……无论如何，血梯是要造的！成功与否，只有那常在微笑的上帝知道！

雨声还是一点一滴的未曾停止，不知哪里传过来的柝声，偏在这中夜里警响。我扶头听去，那柝声时低时昂，却有自然的节奏，好似在奏着催促“黎明来”的音乐！

一九二五，六月五号夜十二点。

照 镜

□ 王统照

如果不以为是消闲，照镜是有其一点点的艺术的。堂皇的学校走廊上，一面可怜相的大镜，两旁有教条般的训语——整齐，清洁，洗面洗心等等的话，青年们走过去，在玻璃的反映中掠一个影子。为的是尽教条的义务，那不过等于兵士的立正，扫垃圾人手中的长帚，照例来一下。他虽然正对着自己的影子，如匆匆走路，把别人的身影踏在脚底下一样。

最能懂得照镜的艺术的或许都是女子们？并不只在青年时她们会留心怎么从镜光的反映中看清了自己的颦、笑、泪光与身影，衣衫一角的斜褶，面部上表情的真伪。女子与镜，直到现在还似乎是难离的伴侣。（我并不是说男子与镜没关系，不过是比较言之。）自然，从男系社会的构成以来，遗传与习惯的积累，环境的追成，使他不得不利用照镜的“艺术”。撇开是、非，只就这一点“术”上讲，女子们是懂得如何表现自己的外形的。

因为过于懂得，从外表上看，颇易变成“为艺术的艺术”吧（但骨子里却不是如此）？反之，不甚了了于照镜“艺术”的男子，就假作是“泥做”吧，可自来多有点坚实的人生的艺术气。（自然，这句话也有他的限定。）照镜艺术的极处，是顾影自怜，是放不下自己的在虚空中的幻象，与对外界的企求……因之就容易“飘飘然”。世间的事物，精细与浑然难得合在一起。您说：玲珑剔透的鬼工神斧与略具体势的现代粗糙的木刻像，是那个更近于“艺术”呢？自然，从某一方来讲，我们不能武断说女子善于照镜便不是真“艺术”的表现。（这只是以旧日妇女们照镜借喻，新妇女们请勿勃然！）

大宇宙中谈博爱

□ 胡 适

“博爱”就是爱一切人。这题目范围很大。在未讨论以前，让我们先看一个问题：“我们的世界有多大？”

我的答复是“很大！”我从前念《千字文》的时候，一开头便已念到这样的辞句：“天地玄黄，宇宙洪荒。”宇宙是中国的字，和英文的 Universe，World 意思差不多，都是抽象名词。宇是空间（Space）即东南西北，宙是时间（Time）即古今旦暮。《淮南子》说宇是上下四方，宙是古往今来。宇宙就是天地，宇宙就是 Time-Space。古人能得“Universe”的观念实在不易，相当合于今日的科学。但古人所见的空间很小，时间很短，现在的观念已扩大了许多。考古学探讨千万年的事，地质学、古生物学、天文学等等不断的发现，更将时间空间的观念扩大。

现在的看法：空间是无穷的大，时间是无穷的长。

古人只见到八大行星，二十年前只见九大行星。现在所谓的银河，是古代所未能想象得到的。以前觉得太阳很远，现在说起来算不得什么，因为比太阳远千万倍的东西多得很。

科学就这样地答复了“宇宙究竟有多大？”这个问题。

现在谈第二点：博爱。

在这个大世界里谈博爱，真是个大问题。广义的爱，是世界各大宗教的最终目的。墨子可谓中国历史上最了不起的人，可说是宗教创立者（Founder of Religion），他提出“兼爱”为他的理论中心。兼爱就是博爱，是爱无等差的爱。墨子理论和基督教教义有很多相合的地方，如“爱人如己”“爱我们的仇敌”等。

佛教哲学本谓一切无常，我亦无常，“我”是“四大”（土、水、火、风）偶然结合而成的，是十分简单的东西，因此无所谓爱与恨——根本不值得爱，也不值得恨。但早期佛教亦有爱的意念在：我既无常，可牺牲以为人。

和尚爱众生，但是佛教不准自食其力，所以有人称之为“叫花”（乞丐）宗教。自己的饭亦须取之于人，何能博爱？

古时很多人为了“爱”，每次蹲坑（大便）的时候便想，想，大想一番，想到爱人。有些人则以身喂蚊，或以刀割肉，以自身所受的痛苦来显示他们对人的爱。这种爱的方法，只能做到牺牲自己，在现代的眼光看来，是可笑的。这种博爱给人的帮助十分有限，与现代的科学——工程、医学等所能给我们的“博爱”比起来，力量实在小得可怜。今日的科学增进了人类互助博爱的能力。就说最近意大利邮船 AndreaDoria 号遇难的事吧，短短的数小时内就救起千多人。近代交通、医学等的发达，减少了人类无数的痛苦。

我们要谈博爱，一定要换一观念。古时那种喂蚊割肉的博爱，等于开空头支票，毫无价值。现在的科学才能放大我们的眼光，促进我们的同情心，增加我们助人的能力。我们需要一种以科学为基础的博爱——一种实际的博爱。

孔子说：“修己以敬，修己以安人，修己以安百姓。”修己就是把自己弄好。我们应当先把自己弄好，然后帮助别人；独善其身然后能兼善天下。同学们，现在我们读书的时候，不要空谈高唱博爱；但应先努力学习，充实自己，到我们有充分能力的时候才谈博爱，仍不算迟。

打破浪漫病

□胡　适

刚才主席说“材料不很重要，重要的在方法”，这话是很对的。有方法与无方法，自然不同。比如说，电灯坏了若有方法就可以把它修理好。材料一样的，然而方法异样的，所得结果便完全不同了。我今天要说的，就是材料很重要，方法不甚重要。用同等的方法，用在两种异样的材料上，所得结果便完全不同了。所以说材料是很要紧的。中国自西历1600至1900年当中，可谓是中国“科学时期”，亦可说是科学的治学时代。如清朝的戴东原先生在音韵学、校勘学上，都有严整的方法。西洋人不能不承认这三百年是中国“科学时代”。我们自然科学虽没有怎样高明，但方法很好，这是我们可以自己得意的。闽人陈第曾著《毛诗古音考》《唐宋古音考》等些书。他的方法很精密的，是顾炎武的老祖宗。顾亭林、阎百诗等些学者都开中国学术新纪元，他们是用科学方法探究学问的，顾氏是以科学方法研究音韵学，他的方法是用本证与旁证。比如研究《诗经》，从《诗经》本身来举证，是谓本证；若是从《诗经》的外面举证便谓旁证了。阎氏的科学方法是研究古文的真伪，文章的来源。

1609 年的哥白尼听说在波兰国的北部一个眼镜店做小伙计，一天偶然叠上几片玻璃而发现在远方的东西，哥白尼以为望远镜是可以做到的。他利用这仪器，他对于天文学上就有很大的发现。像哈代维（Hudvey）、牛顿（Newton），还有显微镜发明者像黎汶豪（Leeuwenhoek），他们都有很大的发明。当哥白尼及诸大学者存在的时候，正是中国的顾炎武、阎百诗出世的时期。在这五六十年当中，东西文化，东西学说的歧异就在这里。他们所谓方法就是“假说”与“求证”，牛顿就是大胆去假定，然后一步一步去证明。这是和我们不同的地方。我们的方法是科学的，然而材料是书本文字。我们的校勘学是校勘古书古字的正确的方法，如翻考《尔雅》、诸子百家；考据学是考据古文的真伪。这一大堆东西可以代表清朝三百年的成绩。黎汶豪是以凿钻等做研究的工具；牛顿是以木、石、自然资料来研究天文学，像现在已经把太阳系都弄清楚了。前几天报上宣传英国天文台要与火星通讯，像这样的造就实在可怕的。十八、十九世纪时候，西方学者才开始研究校勘学，瑞典的加礼文他专攻校勘学，曾经编成《中国文字分析字典》。像他这个洋鬼子不过研究四五年，而竟达到中国有三百年历史的校勘学成绩。加礼文说道：“你们只在文字方面做工夫，不肯到汉口、广东、高丽、日本等地方实际考查文字的土音以为证明；要找出各种的读法应当要到北京、宁波等地去。”这可证明探求学问方法完全是经验的，要实地调查的。顾亭林费许多时间而所得到的很少，而结果走错了路。

刚才杨教务长问我怎样医治“浪漫病”？我回答他说：浪漫的病症在哪里？我以为浪漫病或者就是“懒病”。你们都是青年的，都还不到壮年时期，而我们已是“老狗教不成新把戏”了。现在我们无论走那条路，都是要研究微积分、生物学、天文学、物理学。我们要多做些实验工夫，要跟着西洋人走进实验室去。至于考据方面就要让我们老朽昏庸的人去做。黎汶豪的显微镜实在比妖怪还厉害，这是用无穷时间与时时刻刻找真理所得的结果。十九世纪时候，法国化学师柏士多（Pasteur）在显微镜下面发现很可怕的微生物。他并且感受疯狗的厉害，便研究疯狗起来。后来从狗嘴的涎沫里及脑髓中去探究，方知道是细菌在作祟，神经系中有毒。他把狗骨髓取出风干经过十三四天之久，就把它制成注射药水，可以治好给疯狗咬着的人。但是当时没有胆量就注射在人身上，只先在别的动物身上试验看看。在那时候很凑巧一位老太婆的儿子给狗咬伤，去请医生以活马当作死马医治，果然给他治好了。还有一位俄人给狼咬着，他就发明打针方法。法国酒的病，蚕的病亦给显微镜找出来了；欧洲羊的病，德国库舒（Koch）应用药水力量把羊医好。像蚕病、醋病与酒病治好后，实在每年给法国省下来几千万的法郎。普法战争后法国赔款有五十万万之巨额。然而英国哈维（Harvey）尝说：柏士多以一支玻璃管和一具显微镜，已把法国赔款都付清了。懒的人实在没有懂得学问的兴趣。学问本来是干燥东西，而正确方法是建筑在正确材料上的，像西方的牛顿那样的正确。我们中国要研究有结果，最要紧的是要到自然界去，找自然材料。做文学的更要到民间去，到家庭里去找活材料。我是喜欢谈谈：大家都是年富力强，应该要打破和消灭懒病。还要连带说一说“六〇六”药水，是德国医生Erlich发明的，用以杀杨梅疮的微菌，这位先生他用化学方法，经过八年六百零六次的试验研究而成功的。我们研究学问，要有材料和方法，要不懒，要坚韧不拔的努力；那么，“浪漫病”就可以打破了。

哲学与人生

□胡　适

前次承贵会邀我演讲关于佛学的问题，我因为对于佛学没有充分的研究，拿浅薄的学识来演讲这一类的问题，未免不配；所以现在讲“哲学与人生”，希望对于佛学也许可以贡献点参考。不过，我所讲的许多地方和佛家意见不合，佛学会的诸君态度很公开，大约能够容纳我的意见的！

讲到“哲学与人生”，我们必先研究它的定义：什么叫哲学？什么叫人生？然后才知道他们的关系。

我们先说人生。这六月来，国内思想界，不是有玄学与科学的笔战吗？国内思想界的老将吴稚晖先生，就在《太平洋杂志》上发表一篇《一个新信仰的宇宙观及人生观》。其中下了一个人生定义。他说："人是哺乳动物中的有二手二足用脑的动物。"人生即是这种动物所演的戏剧，这种动物在演时，就有人生；停演时就没人生。所谓人生观，就是演时对于所演之态度，譬如：有的喜唱花面，有的喜唱老生，有的喜唱小生，有的喜摇旗呐喊；凡此种种两脚两手在演戏的态度，就是人生观。不过单是登台演剧，红进绿出，有何意义？想到这层，就发生哲学问题。哲学的定义，我们常在各种哲学书籍上见到，不过我们尚有再找一个定义的必要。我在《中国哲学史大纲》（上卷）上所下的哲学定义说："哲学是研究人生切要的问题，从根本上着想，去找根本的解决。"但是根本两字意义欠明，现在略加修改，重新下了一个定义说："哲学是研究人生切要的问题，从意义上着想，去找一个比较可普遍适用的意义。"现在举两个例来说明它，要晓得哲学的起点是由于人生切要的问题，哲学的结果，是对于人生的适用。人生离开哲学，是无意义的人生；哲学离了人生，是想入非非的哲学。现在哲学家多凭空臆说，离得人生问题太远，真是上穷碧落，愈闹愈糟。

现在且说第一个例：二千五百年前在喜马拉雅山南部有一个小国——迦叶——里，街上倒卧着一个病势垂危的老丐，当时有一个王太子经过，在别人看到，将这老丐赶开，或是毫不经意的走过去了，但是那王太子是赋有哲学的天才的人，他就想人为什么逃不出老、病、死，这三个大关头，因此他就弃了他的太子爵位、妻孥、便嬖、皇宫、财货，遁迹入山，去静想人生的意义。后来忽然在树下想到一个解决：就是将人生一切问题拿主观去看，假定一切多是空的，那么，老、病、死，就不成问题了。这种哲学的合理与否，姑不具论，但是那太子的确是研究人生切要的问题，从意义上着想去找他以为比较普遍适用的意义。

我们再举一个例：譬如我们睡到半夜醒来，听见贼来偷东西，我那就将他捉住，送县法办。假如我们没有哲学，就这么了事，再想不到“人为什么要作贼”等等的问题，或者那贼竟然苦苦哀求起来，说他所以作贼的原故，因为母老、妻病、子女待哺，无处谋生，迫于不得已而为之，假如没哲性的人，对于这种吁求，也不见有甚良心上的反动。至于富于哲性的人就要问了，为什么不得已而为之？天下不得已而为之的事有多少？为什么社会没得给他做工？为什么子女这样多？为什么老病死？这种偷窃的行为，是由于社会的驱策，还是由于个人的堕落？为什么不给穷人偷？为什么他没有我有？他没有我有是否应该？拿这种问题，逐一推思下去，就成为哲学。由此看来，哲学是由小事放大，从意义着想而得来的，并非空说高谈能够了解的。推论到宗教哲学、政治哲学、社会哲学等，也无非多从活的人生问题推衍阐明出来的。

我们既晓得什么叫人生，什么叫哲学，而且略会看到两者的关系，现在再去看意义在人生占的什么地位？现在一般的人饱食终日，无所用心。思想差不多是社会的奢侈品。他们看人生种种事实，和乡下人到城里看见五光十色的电灯一样。只看到事实的表面，而不了解事实的意义。因为不能了解意义的原故，所以连事实也不能了解了。这样说来，人生对于意义，极有需要，不知道意义，人生是不能了解的。宋朝朱子这班人，终日对物格物，终于找不到着落，就是不从意义上着想的原故。又如平常人看见病人种种病象，他单看见那些事实而不知道那些事实的意义，所以莫明其妙。至于这些病象一到医生眼里，就能对症下药，因为医生不单看病象，还要晓得病象的意义的原故。因此，了解人生不单靠事实，还要知道意义！

那么，意义又从何来呢？有人说：意义有两种来源，一种是从积累得来，是愚人取得意义的方法；一种是由直觉得来，是大智取得意义的方法。积累的方法，是走笨路；用直觉的方法是走捷径。据我看来，欲求意义唯一的方法，只有走笨路，就是日积月累的去做刻苦的工夫，直觉不过是熟能生巧的结果，所以直觉是积累最后的境界，而不是豁然贯通的。大发明家爱迪生有一次演说，他说：天才百分之九十九是汗，百分之一是神。可见得天才是下了番苦功才能得来，不出汗决不会出神的。所以有人应付环境觉得难，有人觉得易，就是日积月累的意义多寡而已。哲学家并不是什么，只是对人生所得的意义多点罢了。

欲得人生的意义，自然要研究哲学，去参考已往死的哲理。不过还有比较重要的，是注意现在的活的人生问题，这就是做人应有的态度。现在我举两个模范的大哲学家来做我的结论，这两大哲学家一个是古代的苏格拉底，一个是现代的笛卡尔。

苏格拉底是希腊的穷人，他觉得人生醉生梦死，毫无意义，因此到公共市场，见人就盘问，想借此得到人生的解决。有一次，他碰到一个人去打官司，他就问他，为什么要打官司？那人答道，为公理。他复问道，什么叫公理？那人便瞠目结舌不能作答。苏氏笑道：我知道我不知，却不知道你不知呵！后来又有一个人告他的父亲不信国教，他又去盘问，那人又被问住了。因此希腊人多恨他，告他两大罪，说他不信国教，带坏少年，政府就判他的死刑。他走出来的时候，对告他的人说："未经考察过的生活，是不值得活的。你们走你们的路，我走我的路吧！"后来他就从容就刑，为找寻人生的意义而牺牲他的生命！

笛卡尔旅行的结果，觉到在此国以为神圣的事，在他国却视为下贱；在此国以为大逆不道的事，在别国却奉为天经地义；因此他觉悟到贵贱善恶是因时因地而不同的。他以为从前积下来的许多观念知识是不可靠的，因为他们多是乘他思想幼稚的时候侵入来的。如若欲过理性生活，必得将从前积得的知识，一件一件用怀疑的态度去评估他们的价值，重新建设一个理性的是非。这怀疑的态度，就是他对于人生与哲学的贡献。

现在诸君研究佛学，也应当用怀疑的态度去找出它的意义，是否真正比较得普遍适用？诸君不要怕，真有价值的东西，决不为怀疑所毁，而能被怀疑所毁的东西，决不会真有价值。我希望诸君实行笛卡尔的怀疑态度，牢记苏格拉底所说的“未经考察过的生活，是不值得活的”这句话。那么，诸君对于明阐哲学，了解人生，不觉其难了。

美与同情

□ 丰子恺

有一个儿童，他走进我的房间里，便给我整理东西。他看见我的挂表的面合覆在桌子上，给我翻转来。看见我的茶杯放在茶壶的环子后面，给我移到口子前面来。看见我床底下的鞋子一顺一倒，给我掉转来。看见我壁上的立幅的绳子拖出在前面，搬了凳子，给我藏到后面去。我谢他："哥儿，你这样勤勉地给我收拾！"他回答我说："不是，因为我看了那种样子，心情很不安适。"是的，他曾说："挂表的面合覆在桌子上，看它何等气闷！""茶杯躲在它母亲的背后，教它怎样吃奶奶？""鞋子一顺一倒，教它们怎样谈话？""立幅的辫子拖在前面，像一个鸦片鬼。"我实在钦佩这哥儿的同情心的丰富。从此我也着实留意于东西的位置，体谅东西的安适了。它们的位置安适，我们看了心情也安适。于是我恍然悟到，这就是美的心境，就是文学的描写中所常用的手法，就是绘画的构图上所经营的问题。这都是同情心的发展。普通人的同情只能及于同类的人，或至多及于动物；但艺术家的同情非常深广，与天地造化之心同样深广，能普及于有情、非有情的一切物类。

我次日到高中艺术科上课，就对她们作这样的一番讲话：世间的物有各种方面，各人所见的方面不同。譬如一株树，在博物家，在园丁，在木匠，在画家，所见各人不同。博物家见其性状，园丁见其生息，木匠见其材料，画家见其姿态。

但画家所见的，与前三者又根本不同。前三者都有目的，都想起树的因果关系，画家只是欣赏目前的树的本身的姿态，而别无目的。所以画家所见的方面，是形式的方面，不是实用的方面。换言之，是美的世界，不是真善的世界。美的世界中的价值标准，与真善的世界中全然不同，我们仅就事物的形状、色彩、姿态而欣赏，更不顾问其实用方面的价值了。所以一枝枯木，一块怪石，在实用上全无价值，而在中国画家是很好的题材。无名的野花，在诗人的眼中异常美丽。故艺术家所见的世界，可说是一视同仁的世界，平等的世界。艺术家的心，对于世间一切事物都给以热诚的同情。

故普通世间的价值与阶级，入了画中便全部撤销了。画家把自己的心移入于儿童的天真的姿态中而描写儿童，又同样地把自己的心移入于乞丐的病苦的表情中而描写乞丐。画家的心，必常与所描写的对象相共鸣共感，共悲共喜，共泣共笑；倘不具备这种深广的同情心，而徒事手指的刻划，决不能成为真的画家。即使他能描画，所描的至多仅抵一幅照相。

画家须有这种深广的同情心，故同时又非有丰富而充实的精神力不可。倘其伟大不足与英雄相共鸣，便不能描写英雄；倘其柔婉不足与少女相共鸣，便不能描写少女。故大艺术家必是大人格者。

艺术家的同情心，不但及于同类的人物而已，又普遍地及于一切生物、无生物；犬马花草，在美的世界中均是有灵魂而能泣能笑的活物了。诗人常常听见子规的啼血，秋虫的促织，看见桃花的笑东风，蝴蝶的送春归；用实用的头脑看来，这些都是诗人的疯话。其实我们倘能身入美的世界中，而推广其同情心，及于万物，就能切实地感到这些情景了。画家与诗人是同样的，不过画家注重其形式姿态的方面而已。没有体得龙马的活力，不能画龙马；没有体得松柏的劲秀，不能画松柏。中国古来的画家都有这样的明训。西洋画何独不然？我们画家描一个花瓶，必其心移入于花瓶中，自己化作花瓶，体得花瓶的力，方能表现花瓶的精神。我们的心要能与朝阳的光芒一同放射，方能描写朝阳；能与海波的曲线一同跳舞，方能描写海波。这正是"物我一体"的境涯，万物皆备于艺术家的心中。

为了要有这点深广的同情心，故中国画家作画时先要焚香默坐，涵养精神，然后和墨伸纸，从事表现。其实西洋画家也需要这种修养，不过不曾明言这种形式而已。不但如此，普通的人，对于事物的形色姿态，多少必有一点共鸣共感的天性。房屋的布置装饰，器具的形状色彩，所以要求其美观者，就是为了要适应天性的缘故。眼前所见的都是美的形色，我们的心就与之共感而觉得快适；反之，眼前所见的都是丑恶的形色，我们的心也就与之共感而觉得不快。不过共感的程度有深浅高下不同而已。对于形色的世界全无共感的人，世间恐怕没有；有之，必是天资极陋的人，或理智的奴隶，那些真是所谓“无情”的人了。

在这里我们不得不赞美儿童了。因为儿童大都是最富于同情的。且其同情不但及于人类，又自然地及于猫犬、花草、鸟蝶、鱼虫、玩具等一切事物，他们认真地对猫犬说话，认真地和花接吻，认真地和人像（doll）玩耍，其心比艺术家的心真切而自然得多！他们往往能注意大人们所不能注意的事，发现大人们所不能发现的点。所以儿童的本质是艺术的。换言之，即人类本来是艺术的，本来是富于同情的。只因长大起来受了世智的压迫，把这点心灵阻碍或销磨了。惟有聪明的人，能不屈不挠，外部即使饱受压迫，而内部仍旧保藏着这点可贵的心。这种人就是艺术家。

西洋艺术论者论艺术的心理，有“感情移入”之说。所谓感情移入，就是说我们对于美的自然或艺术品，能把自己的感情移入于其中，没入于其中，与之共鸣共感，这时候就经验到美的滋味。我们又可知这种自我没入的行为，在儿童的生活中为最多。他们往往把兴趣深深地没入在游戏中，而忘却自身的饥寒与疲劳。《圣经》中说："你们不像小孩子，便不得进入天国。"小孩子真是人生的黄金时代！我们的黄金时代虽然已经过去，但我们可以因了艺术的修养而重新面见这幸福、仁爱而和平的世界。

1929 年 9 月 8 日。

一个“心力克”的微笑

□ 梁遇春

写下题目，不禁微笑，笑我自己毕竟不是个道地的“心力克”（Cynic）。心里蕴蓄有无限世故，却不肯轻易出口，混然和俗，有如孺子，这才是真正的世故。至于稍稍有些人生经验，便喜欢排出世故架子的人们，还好真有世故的人们不肯笑人，否则一定会被笑得怪难为情，老羞成怒，世故的架子完全坍台了。最高的艺术使人们不觉得它有斧斤痕迹，最有世故的人们使人们不觉得他是曾经沧海。他有时静如处女，有时动如走兔，却总不像有世故的样子，更不会无端谈起世故来。我现在自命为“心力克”，却肯文以载道，愿天下有心人无心人都晓得“心力克”的心境是怎么样，而且向大众说我有微笑，这真是太富于同情心，太天真纯朴了。怎么好算做一个“心力克”呢？因此，我对于自己居然也取“心力克”的态度，而微笑了。

这种矛盾其实也不足奇。嵇叔夜的“家诫”对于人情世故体贴入微极了，可是他又写出那种被人们逆鳞的几封绝交书。叔本华的“箴言”揣摩机心，真足以坏人心术，他自己为人却那么痴心，而且又如是悲观，颇有退出人生行列之意，当然用不着去研究如何在污浊世界里躲难偷生了。予何人斯，拿出这班巨人来自比，岂不蒙其他“心力克”同志们的微笑？区区之意不过说明这种矛盾是古已有之，并不新奇。而且觉得天下只有矛盾的言论是真挚的，是有生气的，简直可以说才算得一贯。矛盾就是一贯，能够欣赏这个矛盾的人们于天地间一切矛盾就都能彻悟了。

好好一个人，为什么要当“心力克”呢？这里真有许多苦衷。看透了人们的假面目，这是件平常事，但是看到了人们真面目是那么无聊，那么乏味，那么不是他们假面目的好玩，这却怎么好呢？对于人世种种失却幻觉了，所谓 Disillusion，可是同时又不觉得这个 Disillusion 是件了不得的聪明举动：却以为人到了一定年纪，不是上智和下愚却多少总有些这种感觉，换句话说，对于 Disillusion 也 Disillusion 了，这却怎么好呢？年青时白天晚上都在那儿做蔷薇色的佳梦，现在不但没有做梦的心情，连一切带劲的念头也消失了，真是六根清净，妄念俱灭，然而得到的不是涅槃，而是麻木，麻木到自己倒觉悠然，这怎么好呢？喜怒爱憎之感一天一天钝下去了，眼看许多人在那儿弄得津津有味，又仿佛觉得他们也知道这是串戏，不过既已登台，只好信口唱下去，自己呢，没有冷淡到能够做清闲的观客，隔江观火，又不能把自己哄住，投身到里面去胡闹一场，双脚踏着两船旁，这时倦于自己，倦于人生，这怎么好呢？惘怅的情绪，凄然的心境，以及冥想自杀，高谈人生，这实在都是少年的盛事；有人说道，天下最鬼气森森的诗是血气方旺的青年写出的，这是真话。他们还没有跟生活接触过，哪里晓得人生是这么可悲，于是逞一时的勇气，故意刻画出一个血淋淋的人生，以慰自己罗曼的情调。人生的可哀，没有涉猎过的人是臆测不出的，否则他们也不肯去涉猎了，等到尝到苦味，你就噤若寒蝉，谈虎色变，绝不会无缘无故去冲破自己的伤痕。那时你走上了人生这条机械的路子，要离开要更大的力量，是已受生活打击过的人所无法办到的，所以只好掩泪吞声活下去了，有时挣扎着显出微笑。可是一面兜这一步一步陷下去的圈子，一面又如观止水地看清普天下种种迫害我们的东西，而最大的迫害却是自己的无能，否则拨云雾而见天日，抖擞精神，打个滚九万里风云脚下生，岂不适意哉？然而我们又知道就说你一个人在人生舞台上演一大套热闹的戏，无非使后台地上多些剩脂残粉，破碎衣冠。而且后台的情况始终在你心眼前，装个欢乐的形容，无非更增抑郁而已。也许这种心境是我们最大的无能，也许因为我们无能，所以做出这个心境来慰藉自己。总之，人生路上长亭更短亭，我们一时停足，一时迈步，望苍茫的黄昏里走去，眼花了，头晕了，脚酸了，我们暂在途中打盹，也就长眠了，后面的人只见我们越走越远身体越小，消失于尘埃里了。路有尽头吗？干吗要个尽头呢？走这条路有意义吗？什么叫做意义呢？人生的意义若在人生之中，那么这是人生，不足以解释人生；人生的意义若在人生之外，那么又何必走此一程呢？当此无可如何之时我们只好当“心力克”，借微笑以自遣也。

瞥眼看过去，许多才智之士在那里翻筋斗，也着实会令人叫好。比如，有人摆架子，有人摆有架子的架子，有人又摆不屑计较架子有无的架子，有人摆天真的架子，有人摆既已世故了，何妨自认为世故的坦白架子，许多架子合在一起，就把人生这个大虚空筑成八层楼台了，我们在那上面有的战战兢兢走着，有的昂头阔步走着，终免不了摔下来，另一个人来当那条架子了。阿迭生拿桥来比人生，勃兰德斯在一篇叫做人生的文章里拿梯子来比人生，中间都含有摔下的意思，我觉得不如我这架子之说那么周到，因为还说出人生的本素。上面说得太简短了，当然未尽所欲言，举一反三，在乎读者，不佞太忙了，因为还得去微笑。

又是一年春草绿

□ 梁遇春

一年四季，我最怕的却是春天。夏的沉闷，秋的枯燥，冬的寂寞，我都能够忍受，有时还感到片刻的欣欢。灼热的阳光，憔悴的霜林，浓密的乌云，这些东西跟满目疮痍的人世是这么相称，真可算做这出永远演不完的悲剧的绝好背景。当个演员，同时又当个观客的我虽然心酸，看到这么美妙的艺术，有时也免不了陶然色喜，传出灵魂上的笑涡了。坐在炉边，听到呼呼的北风，一页一页翻阅一些畸零人的书信或日记，我的心境大概有点像人们所谓春的情调罢。可是一看到阶前草绿，窗外花红，我就感到宇宙的不调和，好像在弥留病人的榻旁听到少女的轻脆的笑声，不，简直好像参加婚礼时候听到凄楚的丧钟。这到底是恶魔的调侃呀，还是垂泪的慈母拿几件新奇的玩物来哄临终的孩子呢？每当大地春回的时候，我常想起哈姆雷特里面那位姑娘戴着鲜花圈子，唱着歌儿，沉到水里去了。这真是莫大的悲剧呀，比哈姆雷特的命运还来得可伤，叫人们啼笑皆非，只好朦胧地徜徉于迷途之上，在谜的空气里度过鲜血染着鲜花的一生了。坟墓旁年年开遍了春花，宇宙永远是这样二元，两者错综起来，就构成了这个杂乱下劣的人世了。其实不单自然界是这样子安排颠倒遇颠连，人事也无非如此白莲与污泥相接。在卑鄙坏恶的人群里偏有些雪白晶清的灵魂，可是旷世的伟人又是三寸名心未死，落个白玉之玷了。天下有了伪君子，我们虽然亲眼看见美德，也不敢贸然去相信了；可是极无聊，极不堪的下流种子有时却磊落大方，一鸣惊人，情愿把自己牺牲了。席勒说，“只有错误才是活的，真理只好算做个死东西罢了。”可见连抽象的境界里都不会有个称心如意的事情了。“可哀惟有人间世”，大概就是为着这个原因罢。

我是个常带笑脸的人，虽然心绪凄其的时候居多。可是我的笑并不是百无聊赖时的苦笑，假使人生单使我们觉得无可奈何，“独闭空斋画大圈”，那么这个世界也不值得一笑了。我的笑也不是世故老人的冷笑，忙忙扰扰的哀乐虽然尝过了不少，鬼鬼祟祟的把戏虽然也窥破了一二，我却总不拿这类下流的伎俩放在眼里，以为不值得尊称为世故的对象，所以不管有多么焦头烂额，立在这片瓦砾场中，我向来不屑对于这些加之以冷笑。我的笑也不是哀莫大于心死以后的狞笑，我现在最感到苦痛的就是我的心太活跃了，不知怎的，无论到哪儿去，总有些触目伤心，凄然泪下的意思，大有失恋与伤逝冶于一炉的光景，怎么还会狞笑呢。我的辛酸心境并不是年青人常有的那种累带诗意的感伤情调，那是生命之杯盛满后溅出来的泡花，那是无上的快乐呀，释迦牟尼佛所以会那么陶然，也就是为着他具了那个清风朗月的慈悲境界罢。走入人生迷园而不能自拔的我怎么会有这种的闲情逸致呢！我的辛酸心境也不是像丁尼生所说的“天下最沉痛的事情莫过于回忆起欣欢的日子”。这位诗人自己却又说道：“曾经亲爱过，后来永诀了，总比绝没有亲爱过好多了。”我是没有过这么一度的鸟语花香，我的生涯好比没有绿洲的空旷沙漠，好比没有棕榈的热带国土，简直是挂着蛛网，未曾听过管弦声的一所空屋。我的辛酸心境更不是像近代仕女们脸上故意贴上的“黑点”，朋友们看到我微笑着道出许多伤心话，总是不能见谅，以为这些娓娓酸话无非拿来点缀风光，更增生活的妩媚罢了。“知己从来不易知”，其实我们也用不着这样苛求，谁敢说真知道了自己呢，否则希腊人也不必在神庙里刻上“知道你自己”那句话了。可是我就没有走过芳花缤纷的蔷薇的路，我只看见枯树同落叶；狂欢的宴席上排了一个白森森的人头固然可以叫古代的波斯人感到人生的倏忽而更见沉醉，骷髅搂着如花的少女跳舞固然可以使荒山上月光里的撒旦摇着头上的两角哈哈大笑，但是八百里的荆棘岭总不能算做愉快的旅程罢；梅花落后，雪月空明，当然是个好境界，可是牛山濯濯的峭壁上一年到底只有一阵一阵的狂风瞎吹着，那就会叫人思之欲泣了。这些话虽然言之过甚，缩小来看，也可以映出我这个无可为欢处的心境了。

在这个无时无地都有哭声回响着的世界里年年偏有这么一个春天；在这个满天澄蓝，泼地草绿的季节毒蛇却也换了一套春装睡眼朦胧地来跟人们作伴了，禁闭于层冰底下的秽气也随着春水的绿波传到情侣的身旁了。这些矛盾恐怕就是数千年来贤哲所追求的宇宙本质罢！蕞尔的我大概也分了一份上帝这笔礼物罢。笑涡里贮着泪珠儿的我活在这个乌云里夹着闪电，早上彩霞暮雨凄凄的宇宙里，天人合一，也可以说是无憾了，何必再去寻找那个无根的解释呢。“满眼春风百事非”，这般就是这般。

寂 寞

□陆 蠡

当一个人独处的时候，当他孑身作长途旅行的时候，当幸福和欢乐给他一个巧妙的嘲弄，当年和月压弯了他的脊背，使他不得不躲在被遗忘的角落，度厌倦的朝暮，那时人们会体贴到一个特殊的伴侣——寂寞。

寂寞如良师，如益友，它在你失望的时候来安慰你，在你孤独的时候来陪伴你，但人们却不喜爱寂寞。如苦口的良友，人们疏离它，回避它，躲闪它。终于有一天人们会想念它，寻觅它，亲近它，甚至不愿离开它。

愿意听我说我是怎样和寂寞相习的么？

幼小的时候，我有着无知的疯狂。我追逐快乐，像猎人追赶一只美丽的小鹿。这是敏捷的东西，在获不到它的时候它的影子是一种诱惑和试探。我要得到它，我追赶。它跑在我的面前。我追得愈紧，它跑得愈快。我越过许多障碍和困难，如同猎人越过丘山和林地，最后，在失望的草原上失去了它。一如空手回来的猎人，我空手回来，拖着一身的疲倦。我怅惘，我懊丧，我失去了勇气，我觉得乏力。为了这得不到的快乐我是恹恹欲病了，这时候有一个声音拂过我的耳际，像是一种安慰：

“我在这里招待你，当你空手回来的时候。”

“你是谁？”

“寂寞。”

“我还有余勇追赶另一只快乐呢？”我倔强地回答。

我可是没有追赶新的快乐。为了打发我的时间，我埋头在一些回忆上面。如同植物标本的采集者，把无名的花朵采集起来，把它压干，保存在几张薄纸中间，我采撷往事的花朵，把它保存在记忆里面。“回忆中的生活是愉快的。”我说。“我有旧的回忆代替新的快乐。”不幸，当我认真去回忆，这些回忆又都是些不可捉摸的东西。犹如水面的波纹，一漾即灭。又如镜里的花影，待你伸手去捡拾，它的影子便被遮断消失，而你只有一只空手接触在冰冷的玻璃面上。我又失败了。“没有记忆的日子，像一本没有故事的书！”我感到空虚，是近乎一种失望。于是复有个关切的声音向我嘤然细语：

“我在这里陪伴你，当你失去回忆的时候。”

“谁的声音？”我心中起了感谢。

“寂寞。”

我没有接近它，因为我另有念头。

寂寞我有另一个念头。我不再追赶快乐，不再搜寻记忆，我想捞获些别的人世的东西。像一个劳拙的蜘蛛，在昏晓中织起捕虫的网，我也织网了。我用感情的粘丝，织成了一个友谊的网，用来捞捉一点人世的温存。想不到给我捞住的却是意外的冷落。无由的风雨复吹破了我的经营，教我无从补缀。像风雨中的蜘蛛，我蜷伏在灰心的檐下，望着被毁的一番心机，味到一种悲凉，这又是空劳了，我和我的网！

“请接受我的安慰罢，在你空劳之后。”

这是寂寞的声音。

我仍然有几分傲岸，我没有接受它的好意。

岁月使我的年龄和责任同时长大，我长大了去四方奔走，为要寻找黄金和幸福。不，我是寻找自由和职业。我离开温暖的屋顶下，去暴露在道途上。我在路上度过许多寒暑。我孤单地登上旅途，孤单地行路，孤单地栖迟，没有一个人做伴。世上，尽有的是行人，同路的却这般稀少！夏之晨，冬之夕，我受等待和焦盼的煎熬。我希望能有人陪伴我，和我抵掌长谈，把我的劳神和辛苦告诉他，把我的希望和志愿告诉他，让我听取他的意见，他的批评……但是无人陪伴我，于是，寂寞又来接近我说：

“请接受我的陪伴。”

如同欢迎一个老友，我伸手给它，我开始和寂寞相习了。

我和寂寞相安了。沉浮的人世中我有时也会疏离寂寞。寂寞却永远陪伴我，守护我，我不自知。几天前，我走进一间房间。这房里曾住着我的友人。我是习惯了顺手推门进去的，当时并未加以注意。进去后我才意识到友人刚才离开。友人离开了，没留下辞别的话却留下一地乱纸。恍如撕碎了的记忆，这好像是情感的毁伤。我怃然望着这堆乱纸，望着裸露的卸去装饰的墙壁，和灰尘开始积集的几凳，以及扃闭着的窗户。我有着一种奇怪的期待，我心盼会有人来敲这门，叩这窗户。我希望能够听见一个剥啄的声音。忘了一句话，忘了一件东西，回来了，我将是如何喜悦！我屏息谛听，我听见自己呼吸的声音和心脏的跳动。室内外仍是一片沉寂。过度的注意使我的神经松弛无力，我坐下来，头靠在手上，“不会来了，不会来了，”我自言自语着。

“不要忘记我。”一个低沉难辨的声音。

我握上门柄，心里有一种紧张。

“我是寂寞，让我来代替离去的友人。”

“别人都离开而你来了。愿你永远陪伴我！”

啊！情感是易变的，背信的，寂寞是忠诚的不渝的。和寂寞相处的时候，我心地是多么坦白，光明！寂寞如一枚镜，在它的面前可以照见我自己，发现我自己。我可以在寂寞的围护中和自己对语，和另一个“我”对语，那真正的独白。

如今我不想离开它，我需要它做伴。我不是憎世者，一点点自私和矜持使我和寂寞接近。当我在酣热的场中，听到欢乐的乐曲，我有点多余的感伤，往往曲未终前便想离开，去寻找寂寞。音乐是银的，无声的音乐是金的。寂寞是无声的音乐。

寂寞是怎么样？我好像能够看到它，触摸到它，听见它。它好像是没有光波的颜色，没有热的温度，和没有声浪的声音。它接近你，包围你，如水之包围鱼，使你的灵魂得在它的氛围中游泳，安息。